U1005435

我想，我们应该只读那些咬伤我们、刺痛我们的书。所谓书，必须是砍向我们内心冰封的大海的斧头。

——弗朗茨·卡夫卡

时间的折痕

王雪茜 著

黄山书社

图书在版编目（CIP）数据

时间的折痕 / 王雪茜著. -- 合肥：黄山书社，2020.11

（慢活书系）

ISBN 978-7-5461-9455-4

Ⅰ. ①时… Ⅱ. ①王… Ⅲ. ①随笔—作品集—中国—当代 Ⅳ. ①I267.1

中国版本图书馆CIP数据核字（2020）第239916号

时间的折痕 王雪茜 著

SHIJIAN DE ZHEHEN

出品人 贾兴权
丛书策划 张月阳
责任编辑 张月阳
内文插图 于晓威
装帧设计 私书坊_刘 俊 张俊香
出版发行 时代出版传媒股份有限公司（http://www.press-mart.com）
黄山书社（http://www.hspress.cn）
地址邮编 安徽省合肥市蜀山区翡翠路 1118 号出版传媒广场 7 层 230071
印 刷 安徽新华印刷股份有限公司
版 次 2021 年 5 月第 1 版
印 次 2021 年 5 月第 1 次印刷
开 本 880mm × 1230mm 1/32
字 数 175 千字
印 张 8.75
书 号 ISBN 978-7-5461-9455-4
定 价 48.00 元

服务热线 0551-63533706
销售热线 0551-63533761
官方直营书店（https://hsss.tmall.com）

版权所有 侵权必究
凡本社图书出现印装质量问题，请与印制科联系。
联系电话：0551-63533725

目录

轻盈者的翅下藏着闪电

埃梅与体育

初读法国小说家马塞尔·埃梅的短篇小说《体育俱乐部》，很容易想到博尔赫斯。在足球风靡的阿根廷，博尔赫斯却是个厌恶足球的阿根廷人。他说：“足球是丑陋的美学，是英国的一大罪恶！”“足球得民心，因为愚蠢得民心。”隔着浩瀚的大西洋，埃梅与博尔赫斯成为有感于斯、心气相投的精神同伴。

博尔赫斯认为，“人类在感情上需要归属于某种崇高而又具有普遍意义、高乎我们自身的使命。为此有人选择了宗教，而另一些人则选择了足球”。博尔赫斯的小说《三十教派》（另有一篇名为《凤凰教派》）中的教义神秘不可知，对教徒而言，秘密已经成了本能，成了教徒团结在一起的唯一纽带。“三十教派”在现实中有许多“化身”。英国作家约翰·福尔斯在小说《巫术师》里的言论与博尔赫斯不谋而合：“人类需要的是某种神秘的东西，而不是它的答案。”

在谈论埃梅的短篇小说《体育俱乐部》之前，不妨先了解一下博尔赫斯的短篇小说《代表大会》，它对神秘类使命的诞妄不经作了经典的隐喻解读。

与巴西毗邻的一个庄园主亚历山大组建了一个隐晦莫测的世界代表大会，与三十教派一样，实际上，所有谈论世界代表大会的人，包括代表大会的代表都对此一无所知，这个机构试图统括世上所有人。这种努力，就像代表大会不断购买各类书籍，求得记录方方面面最终却只能付之一炬一样荒谬。

“玄学家们善于使用比喻，如一朵玫瑰花、一次接吻、一只代表所有鸟的鸟、一个代表所有星球的太阳、一坛葡萄酒、一个花园或者一次性行为。这些隐喻都不能帮助我记叙那个欢乐的长夜，我们那晚一直闹到东方发白，虽然疲惫，却感到十分快慰。”所谓的“代表大会”以一个神秘莫测的潮湿夜晚的狂欢结束。

在博尔赫斯的另一篇小说《巴比伦的抽签游戏》（同类小说还有《国会》）中，洛特利亚（彩票公司）摇身一变成了庞大的极权官僚机构，像教会和上帝一样。公司代理人擅用催眠术和幻术，他们行踪诡秘，秘而不宣。生活甚至生命都变成了偶然事件，而偶然性被不断放大，最终变成了必然性。

大众化运动潜藏的危险性、蛊惑性和蒙蔽性在体育中不容易被识别，博尔赫斯和埃梅对此却都有极为清醒的警惕和认识。在博尔赫斯的小说《存在就要被感知》中，我们可以一窥博尔赫斯对足球这种大众化运动的憎恶。阿根廷的足球变得不再是一项体育运动，而演变成了虚假的壮观景象。激烈的足球比赛和解说员矫揉造作的兴奋不过是在录音棚内的一场无观众表演。足球煽动的狂热如无法控制的泥石流一般不可遏止。

当然，“足球”也是一个魔方，它亦有不同的变体。在埃梅的《体育俱乐部》里，它变形为“体操”和“橄榄球”。两个候选人各自欲利用体操和橄榄球达到竞选获胜的目的，使其自身不合法的操作堂而皇之合法化。

很长一段时间，我对博尔赫斯的小说敬而远之，他作品中潜藏的智力上的婉转提醒在我看来简直就是一个迷宫，而读埃梅的小说，表层文本下隐藏的叙事真相则比较容易显现，语言对阅读形成的阻滞相对较少，但这绝不影响埃梅小说的深刻性和讽刺效果。

《体育俱乐部》中，卡斯塔兰地区每次选举省议员，都要掀起一场竞选运动，同时组织两类体育表演。体育表演给人的印象，将决定投票结果。激进社会党候选人拉贝杜利埃先生领导的“卡斯塔兰希望”是体操协会，右派人物杜拉特博士组织的“卡斯塔兰体育俱乐部”是橄榄球（与足球一样，同样起源于英国）协会。两个候选人借助体育来满足民众对集体事业和宏大计划的需要、依赖和痴迷。“竞选围绕着体育进行，无论演说还是写文章，候选人都把政治问题完全置于次要地位，一味阐述橄榄球与体操。”

体育成了蛊惑人心、操纵民意的工具。

小说中，“希望体协”的铜管乐队身穿免费的统一样式的体操服装，在街上列队前进，场面壮观，激动人心。体操运动员在雄壮的乐声中，唱出炸雷一般的歌声。在这种时刻，体协青年无不感到身为法国人的自豪。许多还在犹豫不决的公民，受到这种气氛的感染，几乎不假思索，纷纷随声附和，跟着别人向拉贝杜利埃先生欢呼。

“体育俱乐部”不甘示弱，他们组织橄榄球赛，将大批选民吸引到赛场。橄榄球运动依然能迎合公众的英雄主义情绪。投票前一周的橄榄球赛预告让拉贝杜利埃一派面色如土，当天晚上就进行了反击，贴出一张盛大体操表演联欢会的海报。卡城人在轰轰烈烈游行时怀着爱戴的心情又转向左派。

杜拉特博士为了扭转颓势，让卡城队取胜，重新夺回选民，买通了对手巴黎队的队长、后卫和争球员。“巴黎队队长踢中卫，每次传球都失误，而且错得奇怪，惹得队员直嘟囔。再看巴黎队的后卫，防守起来慢慢吞吞，笨手笨脚，给对方造成各种得分的机会。”尽管如此，卡城队上半场得分仍是零。杜拉特博士忍不住偷偷责备巴黎队队长，对方却说他们都尽了最大努力。

> “只能怪您自己的球队。早知道他们这样差劲，我当初就会向您提出至少再买通我们两名队员……”
>
> “好吧，为了体育事业，我同意再做出这种牺牲。”

下半场,“体育俱乐部”以三比零领先,一时全场轰动,观看“希望体协”体操表演的人们抛下了铜管乐队，球场边线上，十七名观众遽然增至一千五百人。卡城居民欣喜若狂，开始有节奏地高呼：“体育俱乐部万岁！”“杜拉特万岁！”橄榄球运动一下子进入卡城人的生活，埃梅以“善良的杜拉特博士也十拿九稳，能够当选了”结束了这个貌似荒诞实则现实的故事。

如果我们稍加留意，就会发现这类荒诞事件层出不穷。体育披着“民族主义”的外衣，利用大众的民族情感弄虚作假，谋取利益，这是常见的套路。在这类闹剧中，“民族主义”屡屡扮演重要角色，用以刺激观众的民族情绪。现场每每一片欢腾，赛事方在赛前赛后的造势，以及各类媒体的推波助澜，很容易使得本来单纯的体育类比赛被渲染成国家与国家之间的对抗。

埃梅在《体育俱乐部》里要讽刺的对象当然不仅仅局限于两个道貌岸然的竞选者，他深感恐惧和忧虑的正是在生活之海中随波逐流的盲目的普通人。这些人只关注形而下的问题，不判断不思考，他们没有稳定的世界观，渴望跻身崇高使命中的迫切愿望以及从众行为带来的安全感，使其对崇高使命本身的不足、漏洞、弊端、陷阱视若无睹，他们充满了“不确定感”和“威胁感”，而这种“不确定感”与“威胁感”就像一股巨大的潮流，翻卷着致命的危险。看似有序的生活，实际上早已沦陷。

体育与政治牵扯不清，令博尔赫斯感到恐怖，令埃梅感到忧虑。博尔赫斯对足球切齿痛恨的根源既非美学上的选择，也非艺术上的自觉，而在于足球“带有霸权和操纵的味道”。政客们处心积虑将民众培育成“体育综合征”患者——无条件地热爱体育运动，并更喜欢别有用心地将体育神圣化、民族化、爱国化，以便于鼓动和教唆，达到自己的政治目的。

埃梅《最后一名》中的马尔丹即是一名“体育综合征”患者。顺便说一句，塑造一个典型人物不是埃梅的目的，讽刺才是。故而，在埃梅的短篇小说中，你会发现《小说家马尔丹》《死亡时间》《铜像》《最后一名》中的主人公都叫“马尔丹”——一个普通的法国人名字。故事背景也大多是他居住的巴黎蒙马特尔区。《最后一名》里的马尔丹是一名自行车运动员，也是个倒霉的人，无论他如何努力，总是比赛中的最后一名，但他总确信自己下一场比赛会得第一名。每晚临睡前，他都要向天主祷告。他越来越老，车技越来越差，可他仍不愿休息，一场自行车赛事刚结束就立即报名参加另一场。他的人生只有参加自行车比赛这一件事，尽管连参加比赛的时间都老是错过。最后他被卡车撞死在马路上，临死前还说：“我会赶上去的。”

我们换一个心理学角度来分析马尔丹也不乏依据。2000年的搞笑诺贝尔奖心理学奖（这个奖项并不是用来搞笑的，而是颁给那些“乍一看很好笑，实则发人深省”的研究）颁给了来自康奈尔大学的Justin Kruger和David Dunning，因为他们的一篇报告。报告所写的内容被称为“达克效应”。文中说道：“无知要比知识更容易让人产生自信。”（这话应该是达尔文说的）它是一种认知偏差现象，指的是能力欠缺的人在自己欠考虑的决定的基础上得出错误结论，但是无法正确认识到自身的不足，辨别错误行为。这些能力欠缺者们沉浸在自我营造的虚幻的优势之中，常常高估自己的能力水平，却无法客观评价他人的能力。

有认知偏差的人遍布各个领域。

埃梅与讽刺

《聊斋志异》中有篇故事，后改编成动画片叫《崂山道士》。说的是一个官宦子弟从小慕道，听说崂山多仙人，便去游历学仙术，可他吃不了苦，只学了一招穿墙术就下山了。回到家的崂山道士逢人便炫耀可穿墙而入，可惜法术失灵，碰了一头包。

蒲松龄一定不会想到，两百年后，法国小说家马塞尔·埃梅会写出一篇与《崂山道士》有异曲同工之妙的小说《穿墙记》。同为幻想之作，同样有“孩子般的天真”（克劳德·维基语），同样滑稽与幽默，蒲松龄小说的讽刺蜻蜓点水，而埃梅的小说无论在讽刺维度与讽刺力度上，都极为“凶猛”。

《穿墙记》中的异人杜蒂耶尔，是一个过着捉襟见肘的悲苦生活的小职员，他跟崂山道士一样充满惰性，连他书写文书的格式都数十年一个套路，谁也甭想让他有任何改动。自从偶然发现自己有穿墙过壁的天赋异禀后，他一成不变的生活便掀起了巨浪。

他化装成江洋大盗，出入银行和珠宝店，越狱如儿戏，无能的当局却束手无策。当然，贪欲无度最终必酿苦果，杜蒂耶尔最终因误服药物在穿墙中途被封锁于情人家的墙内。

二十多年后，被称为“意大利的卡夫卡”的作家迪诺·布扎蒂创作了小说《魔法外套》（他的此类小说还有《分身术》），主人公拥有一个有魔法的西服兜，手伸进去掏一次就是一张巨额现钞，贪欲对应的必是灾祸，主人公最后不得不烧毁外套，想回到过去平静的生活却已不可得。迪诺·布扎蒂遥遥致敬了被称为“当代拉伯雷”“20世纪的莫里哀”的埃梅，就如同埃梅以《变貌记》致敬了卡夫卡的《变形记》一样。只是布扎蒂小说有明显的概念化、寓言化倾向，情节一览无余，讽刺方向单一，无论技巧、情节、人物塑造，都无法超越埃梅。而埃梅的《变貌记》却并非对《变形记》的简单模仿。同为描写现代人的“异化”主题，卡夫卡通过主人公的“异化”讽刺淡薄如纱的人情、唯利是图的现实。埃梅的《变貌记》则是将原本笨拙、迟钝、相貌丑陋的主人公拉乌尔变得相貌俊美、聪明年轻，“可是这张漂亮的面孔立即像一堵无形的墙把他和从前的生活分隔开来”。小说通过拉乌尔意识到自己“被异化”的可悲状态，道出“反异化”的艰难。埃梅融怪诞与现实于一炉，尽管采用“变形”这个沿用千年的古老题材，却在构思、描写、思想上赋予小说全新的内涵，使这部小说成为堪与《变形记》相媲美的佳作。

埃梅想象奇特，怪招迭出，对社会弊端洞若观火，触及的题材广泛，讽刺辐射面极广。上至国家机构、制度大法以及各种政治势力，下至社会痈疽、贪官污吏、小人物，无所顾忌。制度的僵化机械、法律的龌龊偏狭、下层职员的迂腐懒惰、上司的跋扈凶恶、警察的无能愚蠢、女人的堕落虚荣、有钱人的粗暴好妒、普通人的盲从无知，在他笔下无所遁形。

《生存卡》的想象角度另类而奇特。政府以发放生存卡的形式对所有人的生存时间进行控制，被政府认定“无用”的社会边缘人被剥夺了一部分生存时间，买卡卖卡暗地里如火如荼，社会愈加黑暗与混乱。埃梅将其反专制的一贯主张巧妙植入饶有趣味的故事内核，令人钦佩不已。

不久前看了意大利导演费德里科·费里尼的电影《八部半》，影片讲述了电影导演古依多在筹拍一部表现人类末日的影片时，不仅在创作上遇到困难，而且在感情上也陷入困境的故事（片中导演的困境也是现实中导演的困境）。梦境与幻想、幻想与现实、现实与虚构、虚构与回忆交错纠缠，电影中套电影，是用摄影机探究人物内心的一次伟大尝试。然而，这是一部让人崩溃的电影，仿佛满屏都是嘴，无数声音灌满耳朵，只有枪声响过后那一刹那的安静。这种手法在小说领域通常被归为元叙事。我曾读过集小说家、诗人、剧作家、译者、电影导演等多重身份于一身，被视为美国当代最勇于创新的小说家之一的保罗·奥斯特的作品，他的小说《密室中的旅行》即是一个圆形结构，小说中套小说，从原点出发又绕回原点，兼之侦探元素的杂糅，读来云山雾罩，令人疲惫而不知所云。

埃梅的短篇小说《小说家马尔丹》也采用了这种“画中画”的手法，读者既是在读这篇小说，又是在读“作中作”，两个故事交叉并进。但埃梅的想象力显然技高一筹，保罗·奥斯特《密室中的旅行》的双情节泾渭分明，是以主人公翻看放在桌上的一叠材料的方式展开的，而在《小说家马尔丹》里，现实中的人物与小说中的人物亲密接触，虚实难分，真假难辨，埃梅通过讲述马尔丹编故事的故事考验和揭露人性。在埃梅笔下，这种“搅拌式”故事读来妙趣横生又避免了芜杂混乱。

如同川剧中的变脸，《图发尔案件》中的故事则换上了侦探小说的外壳。亿万富翁图发尔在八十七岁寿诞的家宴中遭遇灭门惨案，与富翁有利害关系的亲属全部惨死。幕后主凶竟然是“国家”。“他的全部财产，就由国家来继承。国家财政困难，比例失调，甚至还放出风声说只好紧缩开支，收紧银根。可燃眉之急是货币回笼，而且刻不容缓……形势岌岌可危，于是，国家便想出一个绝妙的主意。它发现法国有一个亿万富翁，一家只有十二个儿孙……”读到此处，读者既为埃梅想象之大胆拍案叫绝，又会跟故事中的人物茹班一样，后背发凉，不寒而栗。幸好，茹班继而想到自己有十四个侄儿外甥，老舅有八个女儿，堂兄的七小子订了婚，才逐渐放下心来。

如此平淡无奇的语言，却渗出凉彻入骨的寒意，你不能不佩服埃梅对讽刺这个“兵器”手到擒来，并且运用起来游刃有余的功力。评论家说他的作品有“孩子般的天真”，源于埃梅的语言简洁轻快而有趣，贴切平静而准确，是那种连小孩子读起来都没有什么阅读阻碍的埃梅式幽默。作为创作了十七部长篇小说、九部短篇小说集、十部戏剧以及四部随笔和多篇评论的作家，埃梅同时也是“一位伟大的儿童文学大师，也许是法国人中最伟大的儿童文学大师”（克洛德·雅麦语）。他创作过三部童话集。他文字中不经意流露出的孩子般的天真使得他的小说如流水般自然不矫饰。贡扎洛·特吕克曾撰文评价埃梅的语言，“使好奇的人感到乐趣，对哲学家产生吸引力，给道学家弥补了不足，让上流社会有教养的人哭笑不得”。

狮子捕食不会如狗吠造势，埃梅小说讽刺的“凶狠”之处还在于不露声色，一本正经，温和乐观又狡猾之至。他的小说没有寓言类小说明晰的顿悟式提醒。他的小说语言简单无碍，能在清晰冷静、无动于衷的叙述中插入锋利的讽刺利刃。一目十行、漫不经心的消遣型读者就需倍加警醒了，以免对人物行动做出错误的价值判断。

《体育俱乐部》中，杜拉特博士为使卡城橄榄球队取胜收买了巴黎队的球员，巴黎队的队长建议他可事先向卡城体育俱乐部的两三名队员交交底，那么他们在比赛中的信心就会更足些。道貌岸然的杜拉特大言不惭地说："不必，不必，我要的是一次正大光明的胜利。"

埃梅在叙事中常常会刻意隐藏自己的态度，他的讽刺文字如黑暗中的毒药，无色无味却能一招致命。在很多情况下，当埃梅煞有介事地对人物品头论足时（尽管他不常如此），那恰恰是埃梅布下的语言陷阱，他的赞美看起来发自肺腑，他的"反语"手法匠心独运，成功地制造出了他喜欢的"讽刺"效果。

在埃梅的短篇小说中，如果说讽刺语言最凶狠，讽刺逻辑最缜密，主人公看起来最冠冕堂皇实则最虚伪无耻的作品，我认为非《两名受害者》莫属。

一生修身养性、崇尚道德、令人敬仰的瓦什兰先生收到一封被儿子侮辱的女孩伊蕾娜要求公道的信件之后，他打算"倾听良心的声音"，拿定主意让儿子"尽到责任，娶那个制帽学徒女工为妻"。但娶一个没有嫁妆的、也许还大字不识的姑娘，儿子吕西安就可能葬送前程。因此，正派的瓦什兰先生转而一想，"绝不能让吕西安和学徒女工结婚。引诱者的确是爱他的受害者的，而且巴不得娶她。在这种情况下，若同意他俩结合，就是褒奖罪犯，这比宽恕他还有害，同时也违背惩恶扬善的天理"。当瓦什兰收到被吕西安侮辱的第二个怀孕女人的来信时，他"主持正义的决心，显得那样坚定不移"，他反省自己"我是个混账东西，我玩弄自欺欺人的逻辑，牺牲了正义与事实来维护父爱。不让身无分文的姑娘带一个孩子妨碍他……"他谦卑地反复引咎自责后，决定让儿子付出代价，他给儿子写了一封信：“我首先要表明我没有任何责任。……你如果只引诱了一个，我就会干脆逼你娶她，就是你行医受到影响，甚至饭碗砸了，也在所不惜。不过顾及公平合理，两个受害者，我不能厚此薄彼，只好两个全不承认。你把两个无辜的人推向痛苦的深渊，如果按正义的要求，你永远不能同她们见面。……对你的惩罚，如果没有触及你个人的话，就不能算数。因此我决定，在我每月给你的一百五十法郎零用钱中，减少十法郎。这样一来，碰到危险的诱惑，你就没法动心了。”

瓦什兰先生利用“辩证法”成功地拯救了自己的灵魂，最终升入天堂。

埃梅与拉伯雷

法国人以“当代的拉伯雷”来表达对埃梅的肯定和赞许。

文艺复兴时期法国人文主义作家弗朗索瓦·拉伯雷出色地继承和发展了法国民间文学传统中夸张和讽刺的惯用手法，是法国文学史上第一位杰出的讽刺大师。至20世纪，在法国小说领域，接过拉伯雷“怪诞的现实主义”（巴赫金语）衣钵最著名的作家无疑是埃梅，唯有埃梅。

然而，埃梅与拉伯雷又是如此不同。

埃梅在生活中是一个相当保守的人，独立又有个性。与同时代其他法国作家相比，埃梅显得古怪而另类。“他拒绝一切公众荣誉，是一个温和的不喜欢抛头露面的人，将官方荣誉和其他荣誉一样看得一文不值，没有任何用处；珍视友谊和忠诚胜于一切；生活得没有恐惧，没有嫉妒，完全是在自由的状态下写他自己想写的东西。”（多罗西·布洛顿《马塞尔·安德鲁·埃梅》）事实上，埃梅亲历过两次世界大战，他在战时坚定地维护作家发表自己观点的权利，虽未锒铛入狱，但也被列入了黑名单。他的写作并非完全随心所欲，他在二战时创作了大量的幻想类小说，无非是因为这类小说比较容易通过德国人的审查。

相比拉伯雷，埃梅生前即受到了法国文学界的宠爱。法国人宠溺地称他为“我们的莫里哀”。他被称为“20世纪法国最伟大的短篇小说家”，评论者认为他是20世纪唯一可与莫泊桑相提并论的短篇大师。

拉伯雷却如他的文字一样，狂放不羁，率性而为。他最广为人知的轶事是，有一次他有急事想去巴黎，可囊中羞涩，怎么办呢？他弄来一些带颜色的粉末，包成三包，上面分别标注“给国王吃的药”“给王后吃的药”“给太子吃的药”，并有意让警察看见。警察发觉后，如临大敌，马上将拉伯雷抓起来，当作重大嫌疑犯押送到巴黎。一番调查后，因没有治罪依据，只好把他放了。他将《巨人传》中的幽默讽刺嫁接到了现实中，他不屑的眼神仿佛在对世界宣告：“对你所有的不幸，我报以笑声。”即便是人人畏惧的死亡来临时，拉伯雷也是一句轻描淡写：“拉下帷幕吧，喜剧已经结束了。”

拉伯雷把生活当作喜剧，生活却并没有以喜乐结局回馈他。在“神本位”观念主导的16世纪，倡导“人本位”的狂欢式作品《巨人传》反映了一种全新的教育观和自由观，他为所欲为的讽刺笔法遭到神学院不断的指责和迫害自然在所难免，这也是拉伯雷最初以笔名发表作品的原因。不为当时社会所容的拉伯雷只好不断避难，逃离，几乎惹来杀身之祸。即使在他身后几百年，他仍一直处于一种特殊的孤立的地位——不被理解。他小说中的一些因素被称为“恶棍的欢乐”“肮脏的堕落”（拉·布吕耶尔《本世纪的特征或风尚》），连深受拉伯雷讽刺风格影响的伏尔泰也认为拉伯雷的小说是博学、龌龊和无聊的混杂。

国内对拉伯雷的评价也是毁誉参半——肯定他的人文思想与夸张讽刺艺术，又批评他语言过于粗鄙、流于庸俗。巴赫金认为，“拉伯雷小说的语言是一种渗透了狂欢化世界感受的语言，以一种褒贬相间的口吻，体现了民间口语的狂欢化的自由与个性”。他的广场语言与先锋化表达，使《巨人传》成为“语言的交响乐”。

> 请你们尽量对我的言行举止往好处去想，多多尊重我这个奶酪般的脑袋，因为它给你们送上了若许妙语笑料，也请诸位尽可能地让我永远这么乐观、快乐。
>
> 现在，就请大家开怀畅笑吧！亲爱的人们，轻松愉快地读这本书吧！不过，你听清楚了，蠢驴，别忘了为我干杯，否则我将回敬你，叫你脓疮发作，走不动路！

他以戏谑、不羁、狂浪来张扬自己自信、乐观、昂扬的人生态度，以诙谐粗俗、发誓诅咒、污言秽语来反讽现世的刻板僵化、迂腐愚昧、虚伪恶毒（我怀疑塞林格《麦田里的守望者》里的脏话连篇或许受到过拉伯雷的启迪）。抛却个人风格与写作惯性，短篇小说与长河小说（多卷集长篇小说）不同，没有藏拙隐怯的空间。故而，埃梅在短篇小说中绝不会如拉伯雷一样“满口废话”、耍贫嘴。埃梅的语言含蓄、简洁，寸字寸金。

埃梅的小说题目，比如《侏儒》《两名受害者》《图发尔案件》《大盗悔改记》《最后一名》《解雇》《死亡时间》《假警察》《多重乌龟》《铜像》《生存卡》《执达员》……与他的小说开头一样，直白、利落，让人一目了然。而《巨人传》第二部的全称《伟大的巨人高康大之子、狄波索德王、大名鼎鼎的庞大固埃的恐怖而骇人听闻的事实和业绩》是我迄今为止见过的最长的书名。

> 怀孕的高朗古杰夫人吃多了牛肠竟然脱了肛，下人们不得不给她灌收敛药，结果却害得胎膜被撑破，胎儿高康大滑入静脉，又顺着脉管往上走，从她母亲的耳朵里生出来。

《巨人传》开篇就挑明了所讲的不是正经事，不是对人间俗世做如实的描写。埃梅小说继承了这一点，常开篇就毫不隐讳地告诉读者他写的是异人异事。“蒙马特尔住着一个可怜的人，名叫马尔丹，他每两天只在世上存在一天。”（《死亡时间》）“巴纳布恩马戏班里有一个矮子丑角，到他三十五岁这年，居然又开始长起个子来了。”（《侏儒》）“从前，有一个异人，名叫杜蒂耶尔，住在蒙马特尔区奥尔尚街七十五号乙公寓的四层楼上，他有不费吹灰之力穿墙过壁的奇能。”（《穿墙记》）两位作家都不以“怪”为“怪”，这反而让读者有一种猝不及防的沉着之感，尽管开场即悬念丛生，读者的阅读胃口也被吊了起来，却不会让人产生浮躁的阅读焦虑和恐惧的阅读期待。

不同的是，拉伯雷小说的夸张手法是漫画式的、全景式的、骇人听闻式的。小说中的形象都是作者用心塑造的漫画化的人物形象，人物极度变形，行为极度夸张。从母亲耳朵里生出来的高康大，出生时要喝 17913 头（数字是实现极度夸张的重要手段）母牛的奶，胖得有 18 层下巴，一岁零十个月时做衣服所用的布料为 1528 米，做裤子所用的布料为 2077 米，做一双鞋底用了 110 张母牛皮。他把巴黎圣母院的大钟摘下来当马铃铛，他的一泡尿淹死了 260416 人。“庞大固埃放一个响屁，周围九法里的土地全都震动起来，臭气一熏，从地下长出来 5300 个小男人，又丑又矮。”“荒野岛”的香肠人，身材矮小，下半身只是一根香肠。“无鼻岛”上的人不拘男女老少，鼻子的样子都像个梅花爱司。“钟鸣岛”居住着飞鸟教士。“皮桶岛”上的人个个都像皮桶，身体臃肿，需要靠割皮排脂。

而埃梅的夸张是虚虚实实式的、局部式的、遮遮掩掩式的。他的小说主人公形象常是有一点特异功能的普通人形象，变形程度轻微。《穿墙记》的主人公杜蒂耶尔不经意间发现自己有穿墙过壁的奇能，自己也认为很荒唐，百思不得其解，次日还去看医生；《侏儒》和《变貌记》的主人公都是局部发生了变化，但他们周围的人物和环境没变，上司还是那个上司，同事还是那些同事，人物的活动始终没有脱离现实的圈子，他们梦幻般的怪诞经历大多是昙花一现式的，最终总是被现实的墙壁撞回原形。拉蒙·费尔南代评价道：“马塞尔·埃梅先生如此相信自己敏锐的记忆力和直觉，以至于他打开幻想之窗，仅仅是为了帮助我们嗅到更纯净、更浓烈的现实气息。”

拉伯雷以嬉笑怒骂的文笔，使读者常常开怀大笑，他在《巨人传》中说：“与其写哭，还是写笑好，因为只有人类才会笑。”因而被称为“伟大的笑匠”。法国人嘲笑一切，包括他们自己。巴赫金认为，拉伯雷的“笑”是大众式的，全民都在笑；也是包罗万象的，它针对一切事物和人，整个世界看起来都是可笑的；这种笑是双重性的，它既是欢乐的、兴奋的，又是讥笑的、冷嘲热讽的；它既否定又肯定，既埋葬又再生，它总是滑稽可笑的、诙谐的。“笑”是拉伯雷特有的讽刺笔法。

在《庞大固埃》中，巴奴日（新兴资产阶级的代表）爱上了一位夫人，死皮赖脸地追求她。在教堂望弥撒时，他向她表白一些乱七八糟的脏话，当她不愿听时，他把发情母狗的碎尸肉泼在夫人的衣服上泄恨。夫人从教堂出来，四周所有的狗，共计有六十万零十一条，都跟在她身后，在她的身上撒尿……

巴奴日显然不正经，不仅不正经，简直是性骚扰，如若碰上“米兔”运动，必得进监狱待上一百年。在《巨人传》第二部的结尾，拉伯雷写道：

> 如果你们对我说："师傅，你写的这些东西实在无聊，幽默得可笑，想来你这个人不大正经。"我将会回答你们，要是你们看过它，那说明你们也未必正经。

拉伯雷的小说总体来说，格调明快，情绪乐观，他作品中的人物往往天真憨厚。而埃梅的小说基调大多辛酸悲苦，他常写失意者和下层人物，令人读后一掬同情之泪，作品显得较为深沉悲怆。被人嘲笑的侏儒，连名字都以"矮丑"代替（《侏儒》）；上不了天堂的执达员，还阳后帮一对孤儿寡母做善事被枪杀，死后不是因做善事，而是因喊了"打倒房东"的口号才被放进天堂（《执达员》）；毕生修炼德行的贞女无法进入天堂，无奈被无恶不作的侄子放在自己的马背上冒充军妓进了天堂（《波尔代沃的传说》）。法国文学家诺尔曼·丹尼（Norman Denny）说："埃梅是说故事高手，他的新鲜点子源源不绝，因此总是有许多的话想说。他笔下的主角虽然总带着诡异与荒诞，但只要仔细观察，会发现他们有一种近乎狄更斯式的写实性及普遍性。对于他的主角们，埃梅时而讥讽，时而斥责……总的来说，那是一幅充斥着喧嚣、悲伤、活力、复杂的人生写照。"

海明威在《流动的盛宴》里说："如果你年轻时在巴黎生活过，巴黎会一生都跟随你，因为巴黎是一场流动的盛宴。"如果我有幸能去巴黎，我想，巴黎北部的蒙马特高地必定会是我的首选目的地。蒙马特高地是巴黎市北的一个约一百三十米高的小山丘，巴黎市内的地理制高点。这是一个充满传说的神奇的地方，它优柔唯美，清新典雅，文艺范十足。小丘上盛产葡萄酒，红磨坊及黑猫即发迹于此。它吸引了梵高、毕加索、马蒂斯、雷诺阿等“贫困艺术家”来此定居。1876年，雷诺阿以蒙马特著名的“煎饼磨坊”为原型创作了画作《红磨坊街的舞会》；1886年，大病初愈的梵高创作了他生平最重要的画作之一《梦境里的蒙马特人》。

从风车餐厅出来左转就会进入一个广场，没错，这个广场就叫作 Marcel Ayme 广场，以马塞尔·埃梅的名字命名。在寂静的路上，游客常常会被一座一人高的青铜雕像吓一跳：一个人半边身子露在墙外，似乎正要穿墙而过。雕像的原型就是埃梅《穿墙记》的主人公。也许，一个作家只有把自己分裂成两半，既生活于这个时代，又忤逆于这个时代，才有可能在无常的世界里，变成时代的良心。

时间的折痕与灵魂的印识

如果你是爱丽丝·门罗，你会如何为《逃离》开头？这是个有趣的假设。

> 在汽车还没有翻过小山——附近的人都把这稍稍隆起的土堆称为小山——的顶部时，卡拉就已经听到声音了。那是她呀，她想。是贾米森太太西尔维亚从希腊度假回来了。她站在马厩房门的后面——只是在更靠里一些的地方，这样就不至于一下子让人瞥见——朝贾米森太太驾车必经的那条路望过去，贾米森太太就住在这条路上她和克拉克的家再过去半英里路的地方。

不熟悉门罗小说语言和写作风格的读者，未免会觉得《逃离》的开篇冗闷平庸，过多的破折号又阻遏了阅读的连贯性。似乎，

作者并不太在意叙述技巧，也不刻意照顾读者的畅读体验。

82岁的门罗在获得2013年诺贝尔文学奖时，不乏批评的声音认为门罗是个“优秀的匠人”，技巧有余，才华不足（高超的技巧难道不是才华外现的一种体现吗）。而读完《逃离》（2009年荣获布克国际奖的短篇小说集）之后，你就会觉得此类质疑太随便了。实际上，随着叙事野心的增长、阅读经验的积累、创作心态的成熟，门罗也像她作品中的主人公们一样，注定要逃离。逃离哗众取宠的技巧——宏大的修辞、反常的细节、醒目的句子——的炫耀。

一个极少被注意的问题是：评论家们更在意作品题材、情感、语言等与作家自身经历的纠葛与互渗。而我发觉作家们的叙述技巧，不论是开头、结尾抑或是详略、过渡、伏笔、铺垫、悬念，等等，同样不可避免地受到现实处境和彼时心态的强大影响。作家们争先恐后想要推动技巧创新的历史，很难说只是纯粹为了享受叙述秩序重新被调整带来的快感。众所周知，加西亚·马尔克斯对小说结构上的开拓成为很多后进者的榜样。同为诺贝尔文学奖获得者，同为小说叙述秩序的“破坏者”，他好像不曾经历过门罗所遭遇的技巧有余的质疑。我们不妨梳理一下门罗与马尔克斯不同的人生轨迹之于小说叙述结构显性或隐性的影响。或许，这是反驳那些质疑门罗是个“优秀匠人”的批评家们的最佳途径。

门罗出生于加拿大安大略省西南部的休伦县（同约克纳帕塔法县因福克纳出名一样，休伦县因门罗亦成为富有传奇色彩的地方），安大略是加拿大的一个大省，从渥太华河西去，延伸至苏必利尔湖的西端，这儿土地广袤无垠，物种丰富多元，风俗殊异，自成一体。生于1931年的爱丽丝·门罗早年丧母，二战后，她就读于加拿大安大略省伦敦市的西安大略大学（被誉为加拿大的哈佛），20岁上大二时便退学结婚，22岁初为人母，与丈夫合开了一家书店。1968年，37岁的门罗发表第一部短篇小说集《快乐影子舞》，一鸣惊人，获得了加拿大总督文学奖（加拿大最高文学奖）。此后几十年，门罗笔耕不辍，问鼎了各类奖项，并且，她是唯一一个三次获得过加拿大最高文学奖的作家，作品被翻译成13种文字传遍全球。2009年，78岁的门罗凭借73岁时创作的《逃离》获得了当代英语小说界的最高奖布克奖。2013年，82岁的爱丽丝·门罗成为诺贝尔文学奖历史上第13位女性获奖者，也是第一位获诺贝尔文学奖的加拿大公民（索尔·贝娄虽出生于加拿大，但在获诺贝尔文学奖之前已加入美国国籍），虽然门罗获布克奖的年份晚于同为加拿大著名作家的她的好友阿特伍德，但实现加拿大在诺贝尔文学奖上的“历史性突破”的任务最后众望所归地落在她的头上。

与门罗的一帆风顺相比，马尔克斯的前半生简直可以说是颠沛流离。1955年，马尔克斯因连载文章揭露被政府美化了的海难而被迫离开哥伦比亚，任《观察家报》驻欧洲记者。不久那家报纸被哥伦比亚政府查封，他被困在巴黎，过了近三年食不果腹、穷困潦倒的生活。马尔克斯自称没有这三年困厄不堪的经历他不会成为一个作家。这段他一生中最潦倒的漂泊时光，反倒使带着“边缘文化”标签的马尔克斯渐渐融入“中心语境”之中。马尔克斯的作品最终得到全世界的接纳，或许正得益于这段时间里与欧洲文化的“亲密接触”。如果马尔克斯继续他在母国新闻界顺风顺水的境况，恐怕无法写出那篇脍炙人口的中篇《没有人给他写信的上校》。不可否认，政治间接“引领”他走向了文学之路。他的作品，始终与政治有着千丝万缕的勾连。他以自己独特的笔触对抗地缘的孤独和政治的独裁，而拉丁美洲奇特的人文历史地理风貌、社会背景以及他迥异于常人的童年体验，造就了马尔克斯蔚为壮观的文学世界。

20世纪50年代，门罗与马尔克斯一样默默无闻。她持续不断地给《纽约客》投稿。那个时期，加拿大发行商寥寥无几，当中的多数还是教材出版商，文学书店屈指可数，也几乎没有文学刊物，根本没有适宜作家生长的土壤。阿特伍德说，英美有什么称为“文学”的东西，他们就舶来什么。门罗起步时所依凭的媒介，只是加拿大广播公司（CBC）罗伯特·韦弗制作的一档名叫《文选》的栏目。门罗获奖后，阿特伍德撰文道贺：“我们作家都有点鬼鬼祟祟；我们加拿大作家更是如此；我们这一代加拿大女作家尤其如此……五六十年代，人们都觉得不光是女作家，就连加拿大作家也是一桩出格越界的事情。”一言蔽之，当时的加拿大作家处境尴尬，自惭形秽。艺术被人瞧不起，写作更为人不齿，人人都理所当然地认为一个道德端正的成年人不会把写作当成谋生的手段。

尽管不以写作谋生，但对文字的热爱使得年轻的门罗仍免不了有一股子不服输的韧劲。在很长的时间里她无法得到《纽约客》的青睐，只偶尔收到一些铅笔写的敷衍潦草的非正式回复。直到1977年，《纽约客》才发表了她的短篇小说《高贵的鞭打》，内容是关于父女乱伦。此后，门罗的小说成为《纽约客》的“常客”。专门为《逃离》书写长篇导读的美国作家乔纳森·弗兰岑认为她的早期作品，比如《高贵的鞭打》等，的确对炫技有兴趣，“但随着她的短篇开始写得像散文形式的古典悲剧，她不仅彻底摒弃了无关紧要的东西，而且十分警觉：似乎一旦写作者的自我对纯粹的故事有所侵扰，就会强烈地破坏和谐性、搞乱气氛——一种美学与道德上的背叛”。

从那种“杀马特”式小说写作中逃离出来的门罗将写作变成了她灵魂的需要，她要表现的是年轻时为爱情、性、背叛、孩子等苦恼，中年时在中年危机和琐碎生活中挣扎的女性，表现她们的欲望和遗憾，强大和软弱。她不关注更宏大的主题，也不再虚构博人眼球的故事。尤为值得一提的是，她的小说技巧也快速跨过了“叛逆期”，同她的外表一样完全去掉了花里胡哨的矫饰，她有足够的信心去探索小说尽可能多的艺术可能性，她的技巧与她的感觉和想象一样得到了裂变式的解放。如果读者没有足够的阅读耐心，真的很难发现门罗小说曲径通幽处的光亮，那躲在抒情、议论或描写影子里的斑驳与自由。

1957年，距马尔克斯获诺贝尔文学奖尚有25年，那时比门罗年长4岁的马尔克斯还只是仅仅出版过《枯枝败叶》这一部小说的名不见经传的小人物，他那时的偶像是福克纳和海明威。他把灵魂献给了福克纳，并从他那里学会文体和结构，而从海明威那里搬来所有技巧。马尔克斯那时一定不会想到，嘲笑过众多西方作家的毒舌纳博科夫连他的偶像也未能放过。在纳博科夫眼中，海明威是不可救药的幼稚，福克纳是玉米棒编年史。若你读过《枯枝败叶》这篇小说，就会发现福克纳在马尔克斯的写作之心上打下了多么深的烙印——多角度的叙述手法、第一人称的口吻、碎片式交错的叙述顺序、大量的意识流思维（深得《尤利西斯》《喧哗与骚动》的精髓）……

这一年，朝不保夕的严峻现实逼迫马尔克斯将赌注押在了小说创作上，他对福克纳和海明威的崇拜以及改变当时困厄处境的顽强决心，完全具化在他这一时期创作的中篇小说《没有人给他写信的上校》里。他用尽全力打磨他的作品，使他的小说结构和情节像榫和卯的组合，务必要达到天衣无缝的效果。可以想象马尔克斯在没有暖气的房间里一边冻得发抖，一边第二遍、第三遍、第四遍、第N遍地修改《没有人给他写信的上校》的情景。在作品完成前的某一天，马尔克斯给住在波哥大的友人赫尔曼·巴尔加斯寄去了一封让对方感到莫名其妙的信，马尔克斯要求友人寄给他一本关于斗鸡的著作。他要求这本著作的内容越详细越好，比如斗鸡的种类、斗鸡的方式以及各种细节。几个月之后，马尔克斯如愿以偿。在《没有人写信给他的上校》出版之后，读者们才意识到，马尔克斯为写这部小说从内容到技巧上殚精竭虑的程度。

上校打开咖啡罐，发现罐里只剩下一小勺咖啡了。他从炉子上端下锅来，把里面的水往地上泼去一半，然后用小刀把罐里最后一点混着铁锈的咖啡末刮进锅里。

上校一副自信而又充满天真期待的神态，坐在陶炉跟前等待咖啡开锅，他觉得肚子里好像长出了许多有毒的蘑菇和百合。已是十月。他已经度过了太多这样的清晨，可对他来说，这天的清晨还是一样难挨。自上次内战结束以来过了五十六年，上校唯一做过的事情就是等待，而等到的东西屈指可数，十月算是其中之一。

从内战结束五十六年（不是二十五年，也不是五十五年）之后作为叙事的入口——时间、情节与情感上半途而兴（作家薛忆沩称之为“半途而兴式”开头），马尔克斯匠心昭然。那时候七十五岁的上校已经失去独子九个月，他一边等候每周五永远也不会等来的抚恤金，一边打算豢养一只斗鸡碰碰运气让自己和妻子能够活下去。十月这个饥饿的清晨，空着肚子的上校还要去参加一个比他儿子还小一个月的年轻人的葬礼。像《百年孤独》的开头直逼孤独与死亡一样，《没有人给他写信的上校》的开头直逼饥饿和死亡。没有拖泥带水的伏笔和铺垫，小说那隐藏的八分之七碎片化情节之间的空隙，靠的是大量精彩的马尔克斯式对白来填补。马尔克斯把零零碎碎的已然情节自然而巧妙地融入大量的对白之中，你可以轻易地勾勒出上校简单而复杂的一生。除了等候抚恤金这件最重要的事，上校儿子之死也罢，上校曾经的光荣经历也罢，小镇上的地方政治也罢（更有可能暗伏了哥伦比亚潜在的政治风暴），无不是蜻蜓点水，一笔带过，读者的想象触角从对白中探出去，能探多远那只能是读者自己的事。至于马尔克斯无法遏制的死亡想象、从童年到青年的不堪记忆以及自我认知之谜（出生时脐带绕颈，导致成年后的幽闭恐惧症）……与小说中的史料不断构成严密的互证和补充，使得我们对马尔克斯及其作品的认知一点点推进，并一步步接近马尔克斯那如蝶蛹般层层包裹的隐秘世界。他不负责从头到尾叙述（门罗也不负责时间叙述上从头到尾的完整性，但她比其他任何作家都更追求格式塔式的完整性），时间的压缩与断裂均不露声色。要探讨技巧上的炉火纯青无论如何不能绕开结尾，对白堪称神来之笔，与貌似冷静的开头日月合璧。

“那这些天我们吃什么？”她一把揪住上校的汗衫领子，使劲摇晃着。

“你说，吃什么？”

上校活了七十五岁——用他一生中分分秒秒积累起来的

七十五岁——才到了这个关头。他自觉心灵清透，坦坦荡荡，什么事也难不住他。他说：

“吃屎。”

本该令人恐惧难过，却死水微澜、不急不缓，仿佛顺理成章、水到渠成，是那种马尔克斯描述过的他外祖母说神话故事时的口吻，是典型的“哪怕雷劈到头顶也不惊讶的口吻”。这一点门罗与马尔克斯不谋而合。

17 岁那年，马尔克斯初读《变形记》，被那个著名的开篇震慑得尖叫起来，“原来小说可以这样写”。没有夸张的修辞，没有喧哗的词语，甚至连一个惊叹号也没有，接下来的描写依然波澜不惊，不仅作者对此毫不惊诧，连主人公格里高尔对自己变成大甲虫的反应也不过是：“啊，天哪，我挑上了一个多么累人的差事。”童年的孤独、忧惧和对梦幻世界的心醉神迷，已然成为马尔克斯身体的一部分以及他此后写作的灵感源泉。21 年后（1965 年），近不惑之年的马尔克斯写下了那个改变了世界文学史方向，也影响了整整一代中国作家的《百年孤独》中的第一个句子：

许多年之后，当他面对行刑队的时候，奥雷良诺·布恩迪亚上校将会回忆起他的父亲带他去看冰的那个遥远的下午。

美国著名心理学家 E·贝克尔认为，死亡恐惧是人类心理中最为普遍也最深刻而隐蔽的存在性不安，这是人类与生俱来的致命伤口。这个开头同样有足够令人诧异惊惧的理由，却同样能保持不动声色、不紧不慢的口吻，不能不说这得益于马尔克斯少年时的那个顿悟时刻。这种泰然自若的口吻后来也变成了马尔克斯小说一以贯之的持久技巧。如同《百年孤独》的结尾遥照了开头的孤独与死亡一样，《没有人给他写信的上校》的结尾仍然是贯穿全文的饥饿和死亡，只不过，此时的死亡咫尺之隔，触目惊心。

马尔克斯说，《没有人给他写信的上校》他写了九遍，它是他所有作品中无懈可击的，可以面对任何敌人。他对这部小说的喜爱远远超过给他带来盛誉的《百年孤独》（不夸张地说，《百年孤独》影响了20世纪90年代以来的所有诺贝尔文学奖获得者），他认为《没有人给他写信的上校》才是他最满意的作品，宣告了他推陈出新的写作尝试的胜利。跟他的魔幻作家身份吻合的是，马尔克斯的英文出版商托姆·马施勒在回忆录中透露，“不知名”的作者马尔克斯在他那里出的前四本书（包括《没有人给他写信的上校》）都很失败，出版社甚至不愿意给他稿费，认为给他出版已是恩赐，以致马尔克斯唯恐出版商放弃出版他以后的作品而诚惶诚恐。

马尔克斯娴熟运用的情感上或表现主旨上的首尾呼应类技巧，在门罗的作品中即使倍加留意也只能寻觅到蛛丝马迹。马尔克斯张扬外向、锋芒毕露的显性技巧，毫无疑问成为他出人头地的捷径并不断被马尔克斯重复运用。而门罗的叙述技巧相对隐晦、内向、隐性，极少自我重复。用她自己的话说，她用传统的方式叙说故事，但用中断、转向、奇妙来表达发生的一切，她想让读者感到的惊人之处，不是发生了什么，而是发生的方式。她的叙述既从容饱满，又有点午后阳光照射下的慵懒穿插和旁逸斜出，不真正热爱她文字的读者很可能与她失之交臂。

《逃离》的开头扑面而来的即是“逃离”。卡拉在贾米森太太的汽车还没有翻过土堆顶部的时候，就听到了声音，敏锐地判断是贾米森太太从希腊度假回来了。“那是她呀”“是贾米森太太西尔维亚从希腊度假回来了”，注意，门罗用的是“是”这种斩钉截铁的而不是似是而非、模棱两可的“可能是”或“大概是”这一类推测揣摩的语气。而这种斩钉截铁的语气和小说中卡拉言行的犹疑及不确定性（卡拉是《逃离》系列故事中唯一一个逃离行为半途而废的人）构成了悖论（这倒是典型的卡夫卡风格）。“她站在马厩房门的后面——只是在更靠里一些的地方，这样就不至于一下子让人瞥见”，如果你对文字也足够多疑和敏感的话不难悟出，这无疑是一个充满悬念的入口——自带了“逃离”符号的入口。卡拉时刻注意着路上的汽车，想逃离与西尔维亚的碰面，想逃离克拉克逼迫她将要进行的敲诈，从时间线来看，这当然是从时间线中端拽出来的一段；从情节来看，既非交代事件起因，更非显示事件结果。它只是卡拉又一次“逃离”的序幕。接下来的情节顺应了开头，继续延伸，不慌不忙，直线推进。卡拉惧怕她的丈夫克拉克知晓他们的邻居西尔维亚回来的消息，也担忧天黑时西尔维亚家的灯光亮起来提醒了克拉克，更担忧西尔维亚不知何时会给他们打来电话。行文至此，该交代原因了吧？不，线性贯穿不是门罗的作风，出乎读者预料反倒是理所当然。

叙事继续，她仿佛忘了西尔维亚这个人，忘了她开头埋下的伏笔与设置的悬念。她慢条斯理地用长达四页的文字漫无边际地讲述克拉克和卡拉的生意，如何因天气因克拉克对客户脾气越来越暴躁而不景气，讲卡拉在马厩里的日常工作，讲克拉克与顾客与建材商店店主与卡拉等各类人吵架以及吵架的缘由，讲卡拉和她的宠物白山羊弗洛拉之间的情缘以及弗洛拉的失踪。仿佛突然地，门罗又想起了西尔维亚，觉得应该说点什么了，“事情开始于他们读到讣告……”卡拉为了刺激克拉克、调剂夫妻生活，随意编造西尔维亚瘫痪的丈夫调戏自己的谎言，被克拉克当作了敲诈西尔维亚的借口，这使得卡拉无法坦然面对西尔维亚。门罗故意分裂了时间叙述的顺序，使读者在过去的生活中一窥造成卡拉婚姻危机的根由。诸如此类的良苦用心在小说中比比皆是。门罗小说中悬念的运用与阿加莎·克里斯蒂或希区柯克等悬念大师们的套路迥然有别，她与他们的用意和目的不同。门罗的悬念类似于修辞中的设问句，自问自答，你知道答案离设疑并不远，但又并非如影随形，你只管顺着她的叙述读下去，所有的答案都会在不远处等着你。那一点点阅读的空隙（有时岔开话题另叙他事，有时用景物描写来停顿，渲染情绪）恰可以留给读者从容地呼吸。

对，呼吸的空隙。

而不管“逃离”的入口如何容易进，想要找到“逃离”的出口却并不容易。再次与西尔维亚打交道的卡拉向这个邻居和盘托出了自己婚姻的苦恼和无法忍受贫穷生活想要逃离的欲望，西尔维亚帮助了她。在逃离的汽车上，卡拉不由地回忆起了她和克拉克的恋爱经过，穿插了克拉克对家庭的逃离（他把家庭看作一个人血液中的毒素），接着笔锋一转，忽而描写卡拉逃离后西尔维亚的所作所为，忽而描写大巴上逃离途中卡拉的所思所想，顺带交代了卡拉第一次逃离的缘由，一句话，她忍受不了千篇一律的生活，她需要新鲜的刺激。

卡拉在大巴上纠结，下车打电话求克拉克接她回去，克拉克到西尔维亚家兴师问罪，克拉克与西尔维亚因弗洛拉的回归而和解，卡拉与克拉克关系缓和，西尔维亚搬离旧居，卡拉收到西尔维亚的来信，弗洛拉再次失踪……种种琐碎的情节，门罗都不厌其烦，一一道来，她遵循的是心理而非描写上的冰山原则，即她只写人心的三分之一，与马尔克斯的超现实主义手法相悖，她更贴近心理现实主义。而在描写上，她乐于铺陈却并不使人感到琐碎，用笔细腻（这细腻来自生活中的鸡毛蒜皮，极易让人半途而止，只有读下去，才会读到一地鸡毛里的冷痛与深刻）又能一针见血。

门罗“远离了当代小说那种锐利却琐碎的、简约却留白过多的、克制到寡情的作风，让小说重新成为混沌的、朦胧的、多解的、磅礴的、雾气缭绕的、根系繁多的。所以，她会被视为契诃夫的传人，但这也增加了她的小说在被领略时的难度”（韩松落语）。她所采用的叙述顺序毫无规律可循，如小说家拉瑟尔·邦克斯所言：“她（门罗）能打断叙事进程，稍后又将其续上，但故事仍是连贯的。”她遵从内在意识的流动，但她创作的绝非意识流小说。她采用散点透视的错叙方式，交织大量的插叙、补叙、倒叙、回叙，笔端在回忆与现实、过去与现在中不断交错，在不同叙述对象间自由切换，但情节之线、情感之线牢牢地攥在门罗手里，她信任叙述逻辑上的自洽性。事实上，她就是有能力让她的故事在看似杂乱无章、一团乱麻、纠缠难辨的时间线堆里从容穿梭。

“日子一天一天地过去，卡拉不再朝那一带走了。她抵抗着那样做的诱惑。”戛然而止的结尾（读到结尾，倒是难抵回看开头的诱惑，首尾看似毫不相干），使我耳朵里忽然浮出崔健嘶哑的嗓音，不是《一无所有》，而是《花房姑娘》——你问我要去向何方 / 我指着大海的方向 / 你带我走进你的花房 / 我无法逃脱花的迷香 / 我不知不觉忘记了 / 噢 / 方向……热烈抒情的基调下难掩疲惫、焦灼以及——歇斯底里。结尾处的卡拉仍然在“逃离”，逃离弗洛拉死于克拉克之手的现实，逃离对不美满婚姻生活的失望情绪，逃离再一次想要逃离现实的诱惑。可是，逃离之逃离、否定之否定之后呢？“她像是肺里什么地方扎进去了一根致命的针，浅一些呼吸时可以不感到疼。可是每当她需要深深吸进去一口气时，她便能觉出那根针依然存在。”

生活看起来不乏逃离的入口，但门罗的小说结尾并不给出一条明确的出路，甚至她也不判断是非对错，这恰是她温和柔婉背后的冷峻与聪慧。门罗在《亲爱的生活》里写道：“无论发生什么都欣然接受。一切都是礼物。我们给予，我们接受。”很多时候，所谓峰回路转不过是莫比乌斯环的诱惑——永远没有出口的无限循环。如同埃舍尔的画，一时之间你难以分辨哪里是上，哪里是下，哪里是入口，哪里是出口。逃离之后或者选择二次逃离，或者陷入新的迷惘。同质化的世界里，一种孤独通向另一种孤独，一种暴力毗邻另一种暴力，一种厌倦链接另一种厌倦，一种背叛指向另一种背叛……门罗坦言，她也有过多次逃离家庭、孩子和工作的念头（仅仅是念头），如同她的小说在时间和空间上的多次逃离。这也许才是生活的原貌和本质——想象中的乌托邦是不存在的，你无法真正逃离乏味平淡的生活。

阅读门罗绝不是一种消遣，尽管她的作品中充满了叙事的愉悦。小说家任晓雯认为：“门罗在中文读者中的知名度，远不及她的加拿大同胞玛格丽特·阿特伍德（这句话的背景应该是门罗获诺贝尔文学奖之前，即使是在门罗的母国，人们对门罗获诺贝尔文学奖的热衷度也远远比不上中国，中国人对诺贝尔文学奖的喧嚣式关注和文化消费近乎病态）。同样是女作家，阿特伍德聪明、尖锐、奇技迭出，显得更为时髦扎眼，更容易被命名、贴标签和理论阐释，也更符合追逐花样的文艺爱好者的口味。门罗与阿特伍德迥然不同，她的写作在一种非常古老的现实主义传统之内。”显然，评论门罗要接受的挑战更加极端。把一个从二十岁前就开始创作，一直写到八十多岁（还将继续写下去）的作家做典型概括显然是不明智的（美国犹太作家辛西娅·奥齐克将门罗誉为“当代契诃夫”，把作者标签化无疑会使读者产生先入为主的错觉，对作家和读者都是不公平的），注定四面都不能讨好。然而，与此相悖的是，越是难以阐释，就越值得反复阐释。

创作《逃离》时，门罗已经写了五十多年小说，反复的创作训练、大量的阅读浸染、充实的生活阅历、淡然的生活态度以及成熟的心智，使门罗完全有能力摒弃小说叙事上的任何时尚花招而自由驰骋，她生活得随性自然，写作得舒心顺性。她有更强大的自信隐敛自己的才华，淡化作者的身份，不干预和操控故事的走向，恢复小说技巧上本应具备的自然性、神秘性和开放性，达到大白若辱、大象无形的境界。

而马尔克斯处境上和心理上的孤独感，门罗恐怕无法感同身受。孤独的阴影始终追随着他，追随着流落在阿拉卡塔卡的那个小男孩，追随着蜗居在巴兰基利亚小旅馆的青年作家，也追随着名扬天下的诺贝尔文学奖获得者。

《百年孤独》的开头继承了《没有人给他写信的上校》的“半途而兴”式方式。这个开头尤为人关注的意义不仅在于它有悖于传统的顺叙和倒叙方式，更在于它从未来的角度回忆过去，而作家的叙事身份却隐匿在“现在”的影子里的三维叙述手法，即故事时间和叙事时间的不协调导致未来、过去、现在三个不同时间层面奇迹般出现在一个句子中。且小说一开头就紧扣题目中的“百年”与“孤独”，每一个字都与孤独有着层层叠叠密不可分的瓜葛。不唯开头，多主线、多时空叙述是《百年孤独》的突出特点，一切疯狂奇葩的想象皆源于天生的诅咒——孤独。

在写完《百年孤独》最后那个句子之后，马尔克斯走进卧室，抱着他已熟睡的妻子痛哭起来。没有经历过多年孤独写作的人无法真正理解这个细节的分量和意义。马尔克斯生活上的窘境与精神上的痛苦，间接催化他信赖并实践了彼时已是文坛巨擘的他的偶像海明威的“冰山理论”。海明威在他的纪实性作品《午后之死》中第一次提到冰山原理。他说：“冰山运动之雄伟壮观，是因为它只有八分之一在水面上。”用文字表达出来的东西只是海面上的八分之一，海面以下的八分之七的内蕴需要读者细心研读文本才能体悟。英国评论家赫·欧·贝茨称海明威的文体“引起了一场文学革命”。他评价海明威“是一个拿着一把板斧的人”，“砍伐了整座森林的冗言赘词，还原了基本枝干的清爽面目”。

马尔克斯对小说结构和语言的精雕细琢终于获得了回报，这种颇具个人风格的雕梁画栋式写作方式受到了批评界的高度赞扬，《百年孤独》甫一面世即震惊整个世界，并很快被翻译为多种语言。马尔克斯名噪一时。与衣食无忧、安于低调的门罗不同，他太需要这种引人注目和大范围的赞美了。苦心孤诣的冒险行为给马尔克斯带来盛誉的同时，一举改变了他之前除了在拉丁美洲文坛之外并不广为人知的糟糕处境。如果我们将马尔克斯所有的中长篇小说的开头截下来铺排比较，不难在散落的拼图中揭出悄然形成的潜规则。

《一桩事先张扬的凶杀案》：圣地亚哥·纳萨尔在被杀的那一天，清晨五点半就起了床，去迎候主教乘坐的船。

《枯枝败叶》：这是我第一次瞧见死尸。

《迷宫中的将军》：伺候他最久的仆人何塞·帕拉西奥斯见他光着身子，睁着眼睛泡在浴缸的草药水里，以为他已经淹死了。

《霍乱时期的爱情》：不可避免，苦杏仁的气味总是让他想起爱情受阻后的命运。

《族长的秋天》：周末，一些兀鹫钻进了总统府的阳台，啄断了金属窗栅，振翅搅乱了屋内凝滞的时光，礼拜一的黎明时分，城市从几个世纪的昏睡中苏醒，一阵温软的微风拂过，伴着伟大的死尸与腐朽的伟大散发出的气息。

《苦妓回忆录》：活到九十岁这年，我想找个年少的处女，送自己一个充满疯狂爱欲的夜晚。

……

马尔克斯小说的开头无法逃离巨大的孤独和死亡阴影交织成的奇怪句式。他的小说是用密码写就的现实，尽管某种程度上，读者们也许会赞同马尔克斯认为自己所做的只是重复写同一个故事的观点。

马尔克斯和门罗迥然的创作追求和个人经历在开篇即难掩其迹。门罗的《逃离》集里大部分篇章的“半途而兴”式开头，既不具备令人一见惊艳的魅力，也不自带马尔克斯异质文本形成的阻遏效应。她的开头与她的结尾一样毫无章法可循，也没有相同的情感气息，她的异质性更回归文学本质：宽阔的、摸索的、模糊的、不确定的……她波西米亚风的内心并不需要依赖怪诞的想象、离奇的夸张、对数字的精确强调或刻意反复等技巧（尤其是开头的技巧）来张扬，实际上大多数时候她倒是对半隐居的生活安之若素，她对政治对死亡并不特别敏感。写小说更多是出于她的爱好，而非出于对政治的映射或生活无着之下孤注一掷的冒险。门罗的叙述手段与马尔克斯并不雷同，尽管有评论家用雷同的词语来评价她。马尔克斯在文笔上、技术上法度森严，极其完美。门罗却并不在意她的时空组合是否妥帖得让人看着顺眼，她不追求表面上的尽善尽美，而小说似乎天生排斥这种不慌不忙的任性叙述。很多小说家总是试图让自己的作品要么在内容上，要么在技巧上给读者带来讶异感并为此绞尽脑汁，但门罗仿佛越来越与此背道而驰。

《逃离》一书中相对有吸引力的“半途而兴”式开头我认为是《拨弄》：“我会死的，”许多年前的一个晚上，若冰这样说，“如果她们不把那条裙子给我准备好，那我一定会死的。”我还记得初读这个开头时泛滥的好奇心。成见坍塌，一切无从预见。看似随意的回忆切入，已使未展开的时间和事件无限膨胀。一个内心的扩张主义者找到了她觉得最舒服的叙述途径。

《激情》从激情事件发生的四十年后切入，“不算太久以前，格雷斯曾上渥太华峡谷去寻找特拉弗斯家的避暑别墅，她已有多年未上这个地区来了，这里的变化自然很大……”类似倒叙的入口使我一下子想起了英国女作家达夫妮·杜穆里埃的小说《吕蓓卡》（希区柯克将其改编成电影《蝴蝶梦》）的开头：“曼陀丽是座坟墓，我们的恐惧和苦难都深埋在它的废墟之中，这一切再也不能死而复苏。”通常来说，倒叙开头的小说结尾总要回到开头的时空点。我们惯常的思维是，不能一头扎到回忆里不出来。有个性的小说家偏偏会颠覆你的思维定式。杜穆里埃以景物描写结尾：“今夜没有月光，我们头顶上的夜空漆黑一片，可是贴近地平线那儿的天幕却全然不是那样。那儿一片猩红，就像鲜血在四下飞溅。火炭灰随着咸涩的海风朝我们这儿飘来。”直逼而来的冷意提示着男女主人公曼陀丽庄园虽被焚毁，但活着的人永远无法解脱。倒是希区柯克颇为迎合观众情绪，影片以两人在篝火堆前相拥结束。《激情》的结尾即是那一段悲惨的冒险之旅的余音：“在那些日子里，这么一笔钱确实能保证她的生活可以有一个新的开端。”渴望激情的女孩在一次冲动冒险后复归理性和实际。

门罗和杜穆里埃都丝毫没有感觉到需要照应一下开头，对所谓的结构完美并不“感冒”，门罗与她笔下众多的女主人公一样，藐视虚假的艺术和一切自命不凡，也不信任只会模仿和操纵情感的低劣把戏。我们熟悉的承上启下、意料之外情理之中、双线交错等显性手法，都很难出现在门罗的小说中。她就像一个娴熟掌握编织手艺却并不刻意迎合世俗审美的编织行家，因过于随心所欲有时难免被质疑为技巧过头。

《逃离》集里的小说入口几乎都是从已然发生的时间线和情节线的中端切入，但如果你不能静心读完全篇，你就无法发现门罗的错时叙述（时间倒错）思路。门罗的“半途而兴”确实比马尔克斯随性莫测得多。她很少给你时间上的暗示，几乎都是开篇就叙事，也不会顾忌时间衔接上的过渡是否严丝合缝。她的创作风格更接近于绘画中的印象派或电影中的蒙太奇，这种“百衲被”似的多维叙事手法为门罗开辟了多元的叙述空间。在门罗的小说中，时间空间都被扭曲、切割成一格一格的（像是碎布块），然后她再随心所欲地加以交叉重组，在下一个转折之前，你无法预测到她将要写什么，就像在一个新的转角之前，你不知道会出现什么风景。

写小说可以有新的入口，看世界可以有新的视角。门罗曾在一篇散文中介绍读小说的方式：“小说不像一条道路，它更像一座房子。你走进里面，待一小会儿，这边走走，那边转转，观察房间和走廊间的关联，然后再望向窗外，看看从这个角度看，外面的世界发生了什么变化。”我觉得这段话也可以帮助我们理解门罗写小说的方式。

逃避、谎言、出轨、自私、失落、任性、悲伤、痛苦、绝望、死亡……这一切生活的喜怒波折，在门罗笔下都不形于句子，她在修辞和心理剖析上的克制，她对貌似无关紧要景物的细腻描摹，她对便捷散漫的概括的拒绝，她对和谐规矩的叙述方式的轻蔑，她对作为作者自我的持续性遮蔽，加上时空切换上的自由随意，情节上打碎重组的任性，多线性多角度的高智性叙事，如此种种使她付出了高昂的代价：对习惯了一条瀑布式的叙述方式，养成了阅读惰性和恶习的读者来说，初读她的作品的确很容易昏昏欲睡。

门罗淡泊名利，与世无争。她对待尘世功名就如《机缘》《不久》《沉寂》中的主人公朱丽叶一样，“像更谙世故的人在等待非分之想、自然康复或是此等好事时那样，仅仅是怀着希望而已”。门罗获诺贝尔文学奖时，加拿大正是午夜，女儿把早已进入梦乡的她摇醒，激动地告诉她这个惊喜，门罗却淡定地说自己早就忘了这茬了。如薛忆沩所言,门罗并不需要诺贝尔文学奖,而是诺贝尔文学奖需要她。

门罗不喜欢城市，她“对远的喧嚣近的骚动都很戒备”。美国文学评论家大卫·何梅尔说：“门罗不是社会名流，实际上她很少出现在公众视野中，也很少出现在签售会上。”半隐蔽式生活与渴望波西米亚风的内心互相交错，映照在她所塑造的带有半自传性质的女主角身上。马尔克斯在面对名气的招引时，他有一套显然是很有心机的关于塑造自我形象的，且常与由“自我戏剧化的直觉”做出的选择产生冲突的理论，使他有时难免像个用力过猛的演员。成名后的马尔克斯由代理人严密安排日程，他坦然享受鱼子酱、牡蛎、优质香槟酒、豪华的旅馆、讲究的服装、最新式的小轿车等奢侈品，他喜欢到处旅行，多地拥有多处别墅，电话费是天文数字。晚年的马尔克斯和门罗都没中断写作，在谈到理想的写作环境时，马尔克斯引用了福克纳的说法：作家最完美的写作场所是妓院，白天寂静无声，晚上欢声笑语。

1981 年，即“哥伦比亚雄鹰”马尔克斯获得诺贝尔文学奖的前一年，《纽约时报》刊登了那则马尔克斯与他的偶像海明威首次邂逅的轶事。经过 24 年时间的滤镜，故事俨然已被“美颜”成两位大师的隔街致敬。

行文至此，我突发奇想，假如让马尔克斯写一部有关门罗的传记，他会从哪里开始写起呢？是如杜拉斯《情人》的开头“我已经老啦”，还是如奥尔罕·帕慕克《我的名字叫红》的开头“如今我已是一个死人，成了一具躺在井底的死尸”，抑或如乔治·奥威尔的《一九八四》的开头“四月的一天，晴朗而寒冷，时钟敲过十三下”？

愿你成为门罗的读者，成为一个一读门罗就欲罢不能的瘾君子。门罗经典短篇《罪债》里哈里告诉劳莲：

> 生活的要义，就是满怀兴趣地活在这个世界上。睁大你的眼睛，要从你所遇到的每一个人的身上看到各种可能性——看到他的人性。要时刻注意。如果他有什么可以传授给女儿的话，那就是这句话了：要时刻注意。

此时此地，门罗正在对你我说。

旋入比喻的风暴

小草打了个绿色的喷嚏

在师大中文系就读时，讲授当代文学的教授倡导写作中的极简主义，对文本中的象征隐喻之类颇有偏见，认为将生活幻想化和可能化纯属凌空蹈虚。我还记得他举例说："有一首朦胧诗里写'小草打了个绿色的喷嚏'，小草如何打喷嚏？喷嚏又怎么会是绿色的？这种浅陋的修辞完全是在戏弄读者。"

偏见障目。"小草打了个绿色的喷嚏"难道不是如"雨水洗过的良心"一般清新可爱吗？朦胧诗初起之时，这种陌生化的写法必定激发过诗人们对表现对象的新鲜感与间离感，而这种间离的效果更有助于将读者从阅读惰性和所谓的规范审美中跳出来。毕加索曾说过一句看似悖理的箴言："艺术不是真理，艺术是一种谎言，它使我们认识真理，至少认识到要我们去理解真理。"当代作家们早已从经典现实主义那种对现实的直接摹写和再现转向对内在感受与体验的观照，而个性化的修辞既可形象表达作家的态度、需要、价值观和情绪状态，又可锐化读者的艺术感染力和艺术敏感性。“反射镜”式的文字早已使读者审美钝化，而对熟悉事物的粉碎、破坏、修复和再造所产生的震撼效果，虽使人感到不安和折磨，却正是文学的魅力所在。

文学离不开修辞，尤其是比喻。“不学博依，不能安诗”，不唯如此。歌德在《浮士德》中甚至说，“世间万物无一不是隐喻”（广义上说，隐喻无处不在）。虽言之极端，有“无边”之嫌，然而比喻用得是否迥然异趣，在小说创作中委实有更明显的重要性。“城市就像一块海绵，吸汲着这些不断涌流的记忆的潮水，并且随之膨胀着。”（卡尔维诺《看不见的城市》）“天气冷得像巫婆的奶头。”（塞林格《麦田里的守望者》）“人死了，就像水消失在水中。”（博尔赫斯《另一次死亡》）“那些狠巴巴的冷脸，就像用旧的、不流通的银币一样模糊。”（巴尔扎克《高老头》）……读者们读到此类比喻，思想的欢愉和智性的慰藉所荡起的涟漪必定如大拇指疾扫琴弦。与比喻界前辈和翘楚相比，日本作家大江健三郎毫不逊色。

初读长篇小说《个人的体验》时，惊诧于大江健三郎拔新领异的比喻。在大江健三郎的小说中，比喻像是老树恣肆的根须，熟而生陌，陌而生虑。大江健三郎太热爱比喻了，小说中俯拾即是的比喻很容易给人一种错觉（或许不是错觉），仿佛不用比喻，他就无法精确而形象地说出他的处境、感受与体验。不管怎么说，比喻客观上成了他的引渡之舟，成了他难以捉摸的不稳定的冥思气质最恰当的载体。

《个人的体验》主人公的名字“鸟”，即是逃避自我、逃避情感、逃避现实的一类人的象征，这个隐喻性的名字从而具有了涵盖性和整体性。小说第一句便是比喻：“鸟像野鹿似的昂然而优雅地低头看着陈列架上印制精美的非洲地图，很有克制地发出轻微的叹息。”此时，“鸟”的“怪物孩子”尚在妻子腹中，“鸟”还做着去非洲的梦，而他热爱的非洲地图价格相当于他这个预备学校教员五个月的工资，尽管买不起，屡次来书店凝视非洲地图的“鸟”还是做出了与梦想相衬的优雅姿势。然而，接踵而至的比喻有力而隐蔽地暗示了情节的发展和故事的走向：“暮色已深，初夏的暑热，犹如死去的巨人的体温，从覆盖地表的大气里消失得干干净净。”“但鸟的妻子，此时可能正裸着身子躺在橡胶台布上，像一只被击落的山鸡似的紧闭着眼睛。”“鸟战栗地凝神注视着地图的细部……非洲大陆很像是一个垂眉俯首的男人的头盖骨。这个头颅巨大的男人，忧伤地俯望着考拉、鸭嘴兽、袋鼠跳跃奔走的澳大利亚土地。地图下角那幅显示人口分布的微缩非洲图，颇似刚刚开始腐烂的人头；另一幅表示交通关系的微缩非洲图，则是一个被剥掉了皮肤、露出了全部毛细血管的惨不忍睹的头颅。”轰炸式显性比喻隐性推动命运加快露出了它的狰狞面目——“鸟”的非洲梦最终破灭，妻子生下了一个脑袋上长瘤的怪物，“鸟”陷入无法自拔的逃避和堕落的深渊。

虱子一样的银色水滴

大江健三郎不惮于以动植物（尤其是狗、鼠）自比或他比，个性化比喻给我的震撼猛烈而多维。大江健三郎比喻的生动性并非仅仅依赖陌生化和新奇感，他超常的洞察力、表现力以及小说内嵌的美学特征和哲学思考尤值得挖掘。他也许是真正“万物平等论”的文字实践者。

《道德经》里有言：“天地不仁，以万物为刍狗。”万物真的是平等的吗？英国作家乔治·奥威尔写过一部中篇小说《动物庄园》，这本反乌托邦的讽喻式小说，讲述动物农场的一只老猪认为人类是寄生虫，号召动物们起来革命，赶走人类。动物们群起响应，宣布“一切动物皆平等”。而取得统治权的猪们开始享有特权，越来越像人类，并把之前的口号改为“有的动物较之其他动物更平等”。抛开政治上的影射，奥威尔揭穿了所谓众生平等的假象。

乔治·莱考夫和马克·约翰逊在其合著的《我们赖以生存的隐喻》一书中说："隐喻不仅属于语言，而且属于思想、活动、行为。"所有修辞亦然。被修辞"加持"的语言，堂奥葱茏，美学意义得到提升。在大江健三郎的小说中，比喻更变成了一种策略，将感觉与智性完美结合在一起，世间万物完成了实际意义上的"无褒贬无边界的通感"。

《个人的体验》中主人公长着一只"像鸟喙一样强有力地弯曲着"的鼻梁，红褐色头发"像燃起的火焰一样直挺地指向天空"，机车从他的头顶通过时，"像是挂在黑色夜空里一头巨大的黑色犀牛"。他有时"像受惊的潮虫一样蜷曲着身子"，有时"像缩回洞穴的螃蟹一样匆忙跑回卧室"，有时"像锅里的炒豆，蹦跳着穿好衣服"，有时"像混进足球场更衣室的处女，低着头哆哆嗦嗦地逃离了客厅"，有时"像糖一样融化在那热度里（医生很细微却很明显的权威式热情）"，有时"像甲虫喝树液一样，非常严肃地喝光了杯里的威士忌"，有时流下一滴"像唾液一样毫无意义的眼泪"……

大江健三郎所用的喻体可谓百无禁忌，以主人公为本体的比喻句其喻体即有西红柿、气球、小老鼠、熊、仓库、美洲狮子、鱼、蛔虫、水耗子、通讯机、萎缩的干鱼、逃进袋子里的蛇、吸满水的海绵、刚宰杀的鸡的内脏、绿色小种子，等等，这些看似信手拈来的物象，却充满了灵动与聪慧之美。"是法平等，无有高下"，他不赋予任何事物以约定俗成的情感偏见，却又随时能将自己的喜怒哀乐与映照物共情同绪。用自然、原始、亲和度较高的初始心观照与呼应自然之物，读者亦享受到修辞带来的晃动、模糊、随性与不确定之美。他是既成规定的亵渎者、叛逆者和破坏者，他刺激了我们渴望变化的那根神经。

如果有人指着你说："看，那个人好像一条狗耶！"（电影《大话西游》的经典桥段）我想，第一时间涌上你心头的情感必定是恼怒。异化感很容易成为一种令人沮丧的智力副产品。

大江健三郎偏喜欢用狗自比或他比。《个人的体验》中不乏其例，"他一边像猎犬似的嗅着鼻子巡视四周，一边随女友走进了客厅""他感到自己像个咬败了的狗，长时间沉默不语"。"鸟"有猎犬似的警觉，又有咬败了的狗似的沮丧。

以狗为比喻出现次数最多的是大江健三郎的另一部小说《万延元年的足球队》。"他（星男）像狗一样睡在地板上""我嗓子灼痛，仿佛患了犬瘟热的狗""阿仁的孩子们好像追赶野兽的狗""鹰四在我未知的黑暗世界中积累了经历，这使他像条孤独的狗""我就那么蹲着，仿佛一条呕吐的狗""他（市场经理）仿佛陆地上的海狗，用胳膊滑动着空气，拼命地跑着""尤其是星男，宛如衰弱的老狗""我仿佛一条彻底虚脱濡湿的狗"……

最近，我常单曲循环一首民谣《盗将行》，其中一句歌词"你的笑像一条恶犬，撞乱我心弦"简直是这首歌的神来之句，令人迷醉。我疑心词作者是大江健三郎小说的资深读者，也许算不得穿凿附会吧。

在大江健三郎笔下，狗、鼠、鸡、狮子、甲虫、蝙蝠……世间万物与“人”并无二致，会孤独，会失落，会警惕，会伤心，会堕落，会羞耻，会自怜，也会自卑和自我厌恶。他从不受事物身上被人为捆绑的“法定”道德属性的约束，他不固定任何一个物象的比喻意义，也不受物象固定比喻意义和习惯褒贬的牵制，在对照物身上映射的情感因情节、情境和心理感受需要而不断变化。

“他（鸟）看见蓝鸟淡青色的尾巴上积聚的银色水滴，像虱子似的”，“银色水滴”与“虱子”在传统美学意义上唤起的是截然相悖的心理感受，大江健三郎不按常理、随心所欲的比喻对我们的修辞记忆进行了颠覆性修正。类似这种别具匠心的思考维度，在给予读者超刺激的阅读快感的同时，又激发了大众对世间万物本应具有却早已扭曲的平等心与同理心。陋见陈识如藏在浓密枝叶间萎缩干瘪的旧果，冷不丁被大江健三郎用不羁的棍子敲落了。

像喜欢春天的熊一样

我们看到绝妙比喻时的愉悦如恋爱时的刹那心动。优秀作家的语言必然如掌纹一样个性，泉水一样动态。万千形容有时不如一个精巧的比喻来得一目了然。

有次在网上闲逛，看到一个小姑娘写字回忆她的高中班主任，说他是个十分有趣的人。某次班会，班主任表达对学生的激励和期望，大体意思是想说，希望学生们像脱缰的野马一样疯狂前进。可他说出的句子却是“一拉开栅栏，你们就冲出去”。想一想学生们自动脑补出一幅牲口狂奔图，真会让人忍俊不禁。耳熟能详的比喻一经变体，其神奇的效果让人过耳难忘。

比喻最能体现作家文笔的异质性及个人化的文学探险之妙境。有时，合上一本书，留在脑海里的也仅有几个有趣的比喻。就如我想到村上春树《挪威的森林》，情节早已淡忘，唯一有印象的只有那个关于熊的比喻（比喻是村上春树的杀手锏）：

> “最最喜欢你，绿子。”
> “什么程度？”
> “像喜欢春天的熊一样。”

初读这个比喻的惊艳感在与村上春树的《爱如半夜汽笛》相遇时瞬间烟消云散，雷同的对话再次出现：

> 女孩问男孩：“你喜欢我喜欢到什么程度？”
> 少年想了想，用沉静的声音说：“夜半汽笛那个程度。”

少女默默地等待下文——里面肯定有什么故事。

可我不仅早失了等待下文的好奇心，还感到万分沮丧与失望。

村上春树认为，比喻可以使故事获得魔术性。我更想补充一句，相同的魔术会让观众厌倦懊恼。模仿，尤其是精神气脉上的自我模仿，会使原比喻失去灵气和仙气。这并不是说不可以重复使用相同的喻体，大江健三郎的喻体（比如狗、鼠、鹰、鸡）常重复使用，但他每个比喻灌注的情绪和文气是独特的。要避免的是，新瓶装旧酒。看似换了喻体，但意旨和气脉没变。亚里士多德说：“比喻是天才的标志。”即是说凭借比喻便可辨认出写作中的天才。把比喻看作文学之根，当不为过。好的比喻是针尖上

的舞蹈，一个没有创新、炒冷饭式的比喻是对比喻的伤害。

若只拘泥于所比事物的相似性，而忽视了两者之间的相异处，则比喻必是凡桃俗李，如难分彼此的麻雀；如果忽略相似性而标新于两者的相异处，则比喻无异舍本逐末，如曝光过度的照片。相异性越多越大，相同性才会得到越锋利越刺激的烘托和渲染，效果也就越意外越新奇。悖论是，相异性过大的比喻句又极易给读者一种空洞无逻辑的晦涩感、生硬感和刻意感。一些读者对大江健三郎喋喋不休的比喻很是反感，认为他的比喻过多，本体与喻体又看似风马牛不相及，难以解构又高不可攀，阻碍了阅读的流畅性。评论界对大江健三郎的语言也不乏质疑的声音。我觉得，这恰恰是大江健三郎语言不流于俗的特异之处。他的喻体不是玄空之物，都是日常实物，尤以动植物为主，这使他的比喻虽看似突兀，但不乏“质感”，耐人咀嚼。

汪曾祺说：“包世臣论王羲之的字，看来参差不齐，但如老翁携带幼孙，顾盼有情，痛痒相关。好的语言正当如此。”好的比喻也应当如此。威廉·曼彻斯特在《光荣与梦想》中写杜鲁门在与工会领导人刘易斯的斗争中赢得了最后胜利时，借杜鲁门一个助手的话来描绘杜鲁门彼时的志得意满：“他（杜鲁门）大摇大摆回到白宫时，你甚至可以听到他的两颗睾丸碰得叮当响。”让人捧腹的通感，带来超强的画面感与现场感。

大江健三郎在技艺上决不退让，是“一位用小说的方式，既把诗的沉静又把荆棘般的锐利植入读者心中的作家”（铁凝语）。大江健三郎的比喻如羚羊挂角，无迹可寻，又句句精妙，绝无牵强凑泊。

在小说《性的人》中，他写汽车经过一个一个村落，“两旁的房屋像一排死去的大象”，别墅“像吊篮一样突兀在山顶上”；三十来个渔民，在突如其来的汽车强光照射下，“像瞎眼的麝鼩”；车子爬上低矮的防波堤，“眼前一片胆汁般又浓又黑的大海”；灌木树枝在强劲的海风吹打下，“如同被暴力强行扭弯的胳膊一样，向挡风玻璃伸出那痛苦的扭曲的形状，激烈地敲打着”。他没有说出“闭塞”这个词，可这个村庄闭塞的气味已然渗透在字里行间——毫无生气的建筑、愚昧低俗的村民、铁笼子般的村规陋习……与靠“性”来确定自己存在感的小说主人公们的生活既格格不入又互为掩护。七人摄像小组的成员互不信任，“丧失友谊像一块墨把内心抹得漆黑一团”，阴森恐怖行尸走肉般的气息像冷风从比喻的罅隙穿过，奠定了小说颓废迷茫的基调，也为后文的情节发展烘托了不祥的氛围。

对小说来说，比喻作为构成语言的重要成分，不只是外部的、形式的，它具有丰富的内容性、本体性和文化性，是举足轻重的技巧。

以蓄满泪水的双眼为耳

值得一提的还有大江健三郎作品中隐喻的广义内涵。

二战之后，日本由一个侵略者和军事霸权者转变为美国的从属者。中篇小说《人羊》描述的正是边缘之国的边缘人群所遭受的动物般的屈辱。在公交车上，喝醉酒的驻日美国大兵“像剥去动物皮毛似的扒下了我的外衣”，用刀逼迫“我”脱掉裤子，众目睽睽之下，边拍打“我”赤裸的屁股，边唱“打羊歌”取乐。“我”的懦弱、自卑、羞愤从每一个毛孔渗透出来，“在我内心的深处，耻辱好似凝成了一块石头，仇恨像毒液似的开始一个劲地往外涌动”。“长着像牛一样湿润的大眼睛和短额头”的外国大兵们，“撇下了我们这些光着屁股的人，就像暴风雨过后留下一片折倒的秃树”，折倒的秃树也许不会死，但生命中的某些绿色永远失去了，尤为可怕的是，“我”无法像“躲避危险传染病”那样避开教员的纠缠不休。

“我”的屈辱就是所有日本人的屈辱。“人羊”隐喻作为题目如“鸟”作为主人公的名字一样，具有了超越时空的普遍意义。尽管“我”没有一句台词，文本也不自带评论节奏，但大江健三郎细致入微的情节描摹和高超的想象功力营造了强烈的认同情境。自然的代入感使读者掩卷后仍会思索，如何在人性幽暗处寻得一线薄明？

《万延元年的足球队》中“峡谷森林”的隐喻性内涵也发生了变化。在大江健三郎以往的小说中，“峡谷森林”作为情节展开的舞台，主要意味着“丧失”，而在《万延元年的足球队》里，则已成为根所兄弟寻找自我、寻找心灵故乡的空间，为主人公蜜三郎提供了“再生”的可能。小说主人公的家族姓氏“根所”，寓意某一土地上的人们灵魂的根本所在。大江健三郎在《大江健三郎口述自传》中说：“我就这样以自己的过去，故乡森林里以往的事件为素材写了这部小说，就好像在山里燃起一堆篝火，其周围却出现意料不到的烤焦了的空间似的，写完小说后，我觉得自己因此而发现了各种各样的东西。好像是自己也不清楚。”

大江健三郎新颖超拔的比喻所烘托出的异色之作，给我们提供了丰富的解读维度。如大江健三郎人生中写下的第一首广为流传的诗：“雨水的水滴上 / 映照出外面的景色 / 水滴之中 / 另有一个世界。”大江健三郎说：“显然，我借助那微微颤动着的柿树叶片，发现了围拥着峡谷的那座森林的整体状态。”我们借助大江健三郎小说中的比喻，发现了他那与众不同的沉郁文字后的真正的灵魂。

大江健三郎的恩师与文学启蒙人渡边一夫对大江健三郎曾说出一句精准的褒奖之语：“大江君不愧是在森林里长大的，他写小说就像林子里的泉水似的，当你怀疑是否已经枯竭的时候，就像新的泉水重新涌流出来似的，他又接着写了下去。”大江健三郎在他的小说中，借对一位即将分娩的女性的敬慕表达出对人类未来的新期待：“我以蓄满泪水的双眼为耳，倾听那里正无言讲述着的内容……我感觉你将产下比最新之人更新的人，比任何人都更新的人。”阅读大江健三郎的文字，我们也需以蓄满泪水的双眼为耳，在“看见”的同时，“倾听”大江健三郎比喻的森林最深处最隐秘的天籁之音，并期待他无言呈现的新内容。

秋天的早晨像猫肚子一样温暖宜人

小说不用比喻会如何？大概就像绘画只用单色调吧。

美国绘画界极简主义重要人物罗伯特·雷曼创作的一幅几乎是空白的画作《无题》拍卖价高达 1.2 亿人民币。雷曼的画作以抽象和白色为主，走极简主义与概念艺术风格，他的漫漫“空白路”是对一般意义上的绘画的颠覆，甚至是终结。有人调侃说这是作者在厕所中闲来无事看瓷砖带来的灵感。此类画作的价值更多是观念上的反叛和象征性意义。以无规则来打破旧有规则的艺术，大多与艺术无关。

小说观念上的矫枉过正与绘画观念上的异质极端百虑而一致。

有人尝试用零修辞与最少的文字述说故事。美国作家莉迪亚·戴维斯自创了一种“闪小说”（诗歌体小说），评论界认为她以最具异质性、原创性与启发性的风格荣膺 2013 年国际布克奖实至名归。她的小说最短只有一行，最长也就三十页。小说《塞缪尔·约翰逊很愤慨》正文只有一句：“苏格兰的树那么少。”她的《春怒》是两句话：“我很高兴树叶长得这么快。很快它们就可以遮住邻居和她尖叫的小孩了。”另一个叫《博士学位》的故事也是两句话：“这么多年来我都以为我有一个博士学位，但是我没有博士学位。”题为《布卢明顿》的小说故事如下：“现在我已经在这儿待了一段时间了，我可以满怀信心地说，我之前没来过这里。”《偶然性》的故事是这样的：“他可以是我们的狗。但他不是我们的狗。所以他对我们叫。”此时引用潘石屹2013年在MOMA看雷曼作品时的感慨或许可以很恰切地表明部分读者对这类闪小说的态度：“想评论不知从何开始，一切都安静了。”

美国评论界认为闪小说“打破小说创作的常规和边界”。布克国际奖评委会主席克里斯托弗·里克斯评论说，戴维斯的写作“张开轻盈的手臂将众多类型揽入怀中。要怎样将它们归类呢？它们一直被称作故事，但同样可以是微型小说、轶事、散文、笑话、寓言、神话、文本、警句，甚至是格言、祷词，或仅仅是观察”。事实上，中国读者对这种小说并不陌生，所谓闪小说与在中国一直处于不温不火的尴尬地位的微小说形似神通。

戴维斯一直抗拒虚构文学的“人工性”，强调极端的个人体验。她排斥比喻。卡勒德·胡赛尼凭小说《追风筝的人》声誉日隆时，戴维斯刻薄地评价说：“放过那些比喻吧。”她的极简风从她的前夫保罗·奥斯特（超现实主义小说家）的左耳吹进，右耳吹出，这位极简主义的实践者与用比喻成瘾的前夫在小说理念上各探一隅，其去弥远。戴维斯的小说《离家》只有短短一句话：“她好长时间都没用过一个比喻了。”或许暗示了两人分道扬镳与文学上的貌合神离不无关系。

我们不难推知，把小说概念的外延无限扩大，实际上也就等于取消了小说的概念。或者说，使得小说作为一种文学体裁的确定概念已无法立足。除了文学，没有一个篮子可以把所有的文学体裁都装进去。如果摈弃环境描写，故事情节、人物性格全部依靠读者二次创作，漠视小说的基本要素，又缺少小说的内在节奏，那么任何超验性的语言尝试和概念探索都有走向浮泛玄虚的危险。

小说创新的最终目的是呈现人类在不同语境下的可能性和复杂性，而不是消灭这种可能性和复杂性。如众所知，法国大革命最终死于“洁癖式”理想，罗伯斯庇尔们看不到周围的人民，他们眼里只有投机者、恶棍和叛徒，最后是革命者杀革命者，注定以悲剧收场。小说“革命”若染上“法国式洁癖”，必然“缺氧”，创新理想若粘连乌托邦因子，必然“短命”。创作者如果忘记了小说本身，全然没有“规则”这一概念，在构思和运用技巧上“无选择性”，又试图以无规则的创作产生出的作品形成新的规则，在文学艺术漫长的进程中极有可能昙花一现。

小说家的深刻毕竟不是哲学家的深刻，能深入的小说才可以抵达深刻，小说的深刻更多地体现在小说的写作技巧上（毕飞宇语），片段本身并不构成小说。让小说的归小说，让寓言的归寓言，让警句的归警句，让思维片段归思维片段，才是对每一种文学体裁的尊重，也才是对努力挑战传统的探索者的尊重。

大江健三郎曾谈到自己欣赏赛利纳的两种写作风格，既可以写清澈的文字，也可以写复杂的文字。大江健三郎的散文集《在自己的树下》，语言柔而有味，朴而不拙，几乎屏蔽了所有修辞。大江健三郎的散文与小说的语言风格如天壤之觉、冰炭之乖，你很难相信出自同一位作家之手。参差多态当是文学的本源，八面驶风也当是作家的能力。大江健三郎是背上有翅膀的人，在他的作品里，文字意味着两组截然相反的色彩，既是阴郁又是喜悦，既是光明又是黑暗，既是晦涩顿挫又是简单明快。他尝遍这世界的苦涩，而以文字作为残缺的补偿。

每当微雨初霁的清新午后，或是细雪轻落的无风黄昏，我都会不由地想起大江健三郎的句子："秋天的早晨阳光灿烂，像猫肚子一样温暖宜人。"

风吹树动，千叶鸣歌

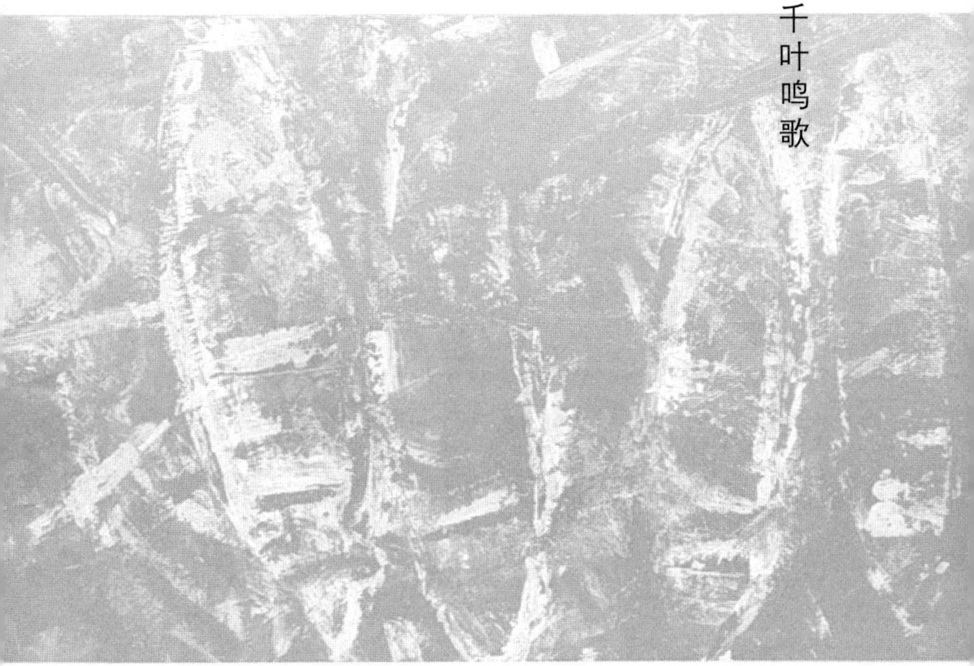

大江健三郎的《个人的体验》于1964年出版后即获得新潮社文学奖，与盛誉相悖的针对小说结尾的责难同时如冰雹般砸向他。三岛由纪夫（首届新潮社文学奖获得者）认为，“鸟”（《个人的体验》主人公）的突然转变轻易消解了人物认识与行为的二律背反式命题；评论家柄谷行人批评大江健三郎在处理这最后一个问题上相当拙劣，问题并未消解，而是以极不自然的方法逃避掉了；连新潮奖的评委山本健吉、中岛健藏亦认为小说结尾处理过于简单；亀井胜一郎甚至认为大江健三郎以此显露了一种“宗教和道德式的怠慢”。

如众所知，三岛由纪夫本人苦苦不得解脱的恰是二律背反命题。他从小就同时接受东西方两种文化的熏陶。日本文化中“诸行无常，寂灭为乐”的悲观气质根植其心，这与日本独特的“物哀”精神密不可分。火山、温泉、积雪、樱花是美的，却又短暂易逝。

“最是人间留不住，朱颜辞镜花辞树。”从空寂颓废的心境中升华出悲剧之美、哀愁之美、阴郁之美，是日本文化的核心要素，也是日本文学的特色。如同樱花在最绚烂之时随风零落之美带来的启示，青春转瞬与生命须臾之感悟孕育出的微妙审美观念灌注到重视心灵的日本人心中，生发出茂盛葳蕤的颓废森林。日本作家睹物哀，更欲与物同哀。“物换星移几度秋”，不过是“槛外长江空自流”。他们与他们塑造的主人公赞美生又不惧死，很多作家渴望以死观照多舛而悲苦的生命，以死为美，以毁灭为升华。以瞬间之美为永恒，成了日本民族心理的一部分，俘虏了众多日本作家。北村透谷、有岛武郎、牧野信一、芥川龙之介、太宰治、田中光英、三岛由纪夫、川端康成等前仆后继逃离求生不得的浊世，奔向圆满的净土。

与三岛由纪夫亦师亦友的川端康成在《雪国》中写下这样的句子，“一个人如果死得快乐，如果认为死是一种恒久的解脱，世人就不应为他叹息，因为快乐的死亡好过灵魂里面最深层次的疼痛。有朝一日，对生命也心不在焉了。死亡是极致的美丽，死亡等于拒绝一切理解。”村上春树以“当人们目睹一场美丽的盛宴消逝时，反而能找到安心感”的句子做了呼应。在日本，把自杀和死写得最多的作家恐怕非川端康成和三岛由纪夫莫属。他们的终极命运在其作品中均可探赜索隐。

三岛由纪夫同样痴迷发端于古希腊的西方文学。西方人认为人生有限，时不我待；西方文学歌颂活生生的人性，歌颂解放之彻底与求生之顽强，强化了西方人坚持抗争以捍卫价值观的庄严悲剧感。三岛由纪夫既醉心于旺盛的“生”之美，又痴迷于悲壮的“死”之美。向生性和向死性这两种势不两立的力量在其心中各自生根发芽共生共长，二者不可得兼，使得三岛由纪夫像一个连体畸形儿，也使三岛由纪夫的文学中充满了善与恶、真与假、美与丑、优雅与暴烈、青春与衰朽、诚实与伪善、希望与破灭的矛盾，矛盾无法调和，相悖相对的概念与思想免不了产生最激烈的冲突。三岛由纪夫最擅长的解决办法是让他的主人公选择在死亡中重生，《青色时代》中的川崎诚，《禁色》中的俊辅，《春雪》中的松枝清显……他们的死如同被烧毁的金阁寺，寻美之路伴随美的毁灭，而三岛由纪夫自己则化身为一把火，将金阁寺化为灰烬的沟口，望着熊熊的大火，心想：我想活下去！实际上三岛由纪夫对自己的悖论处理方式并不自信，在《金阁寺》里，他说：“人这东西，一旦钻在美里不出来，势必不知不觉撞进世间最为黑暗的思路。”他追求壮美的真实人生之末路的确黑暗。

如此，三岛由纪夫等众多日本作家和评论家对大江健三郎《个人的体验》中所谓美满的“大团圆”结尾的“围剿”就显得并不意外，既有迹可循，亦顺理成章。

不唯日本，在现代文学领域，对“大团圆”结尾多有不屑。

夏洛蒂·勃朗特的代表作《简·爱》自问世以来，大团圆结尾即不断遭到评论界质疑，认为简·爱与罗切斯特的圆满结局情节牵强，细节薄弱，舅妈破产表哥自杀的因果报应、简爱意外获得财产的巧合画蛇添足，削弱了作品追求人格独立精神平等的要旨，反映了勃朗特的思想局限性，结尾是这部经典毋庸置疑的瑕疵。与夏绿蒂·勃朗特同属英国维多利亚时代批判现实主义作家的托马斯·哈代，塑造了一个与简·爱同样出身下层、地位低下的姑娘苔丝，她也不愿屈从于命运的摆布，却步步抗争步步失败。《德伯家的苔丝》毫无疑问是悲剧结局，不唯结局，整部作品鲜有亮色，情节没有梯度，只不过是一连串不幸事件的组装，人物性格几乎没有起伏和变化，提升和发展空间也极其有限。苔丝虽不乏面对严酷现实的勇气，却摆脱不了外界力量的操控，无法主宰自己的命运，最终绝望杀人，在绞刑架下失去性命。弥漫整个作品的是挥之不去的无望悲观情绪和宿命论气息。两部小说虽仅相隔四十三年，但支撑简·爱抗争的宗教信仰和个人力量在哈代的时代已发生动摇，迷惘困惑和悲观绝望成了小说的主情绪和主基调。《德伯家的苔丝》的结尾不仅鲜有人质疑，这种情绪和基调甚至拉开了现代主义文学的序幕，加之评论界的推波助澜，“大团圆”结局便成了严肃小说作家们有意规避的雷区。

“大团圆”结尾几乎变成人人喊打的过街老鼠，甚至成为作家们同仇敌忾的敌人，原因多重。从艺术属性上说，人类艺术的主体和巅峰是悲剧，悲剧是艺术净化最高形式的观点几成共识。罗曼·罗兰说，一千次快乐，都抵不上一次痛苦。叔本华认为生命的本质在于生存意志，而生存意志的本质就是痛苦，悲剧艺术暗示着人生的本来性质。的确，人类在宇宙中是渺小而短暂的存在，渺小和缺憾是人类的永恒困境。所谓“天地不仁，以万物为刍狗”，人生即是“永远无法到达彼岸”的痛苦，而正是痛苦让人有存在感，那些深入骨髓的悲痛，像低烧一样持久。如朱光潜所言，悲剧比别的文学样式更能打动人。尼采称悲剧为“肯定生命的最高艺术”。黑格尔美学体系中，悲剧也被置于一切艺术形式之上，被视为全部艺术发展的总结。悲剧产生的基于怜悯和恐惧等基础上的情感体验比喜剧要强烈得多，悲剧附带的壮美与崇高的美学特性在揭示人生真相、洗涤人类精神方面无疑比喜剧更震撼、更有力量。

我们耳熟能详的世界名著，大多是悲剧结局。海明威曾说：一个故事讲到一定程度的时候，你会发现只有死亡是最好的结尾。想一想海明威的小说《永别了，武器》，通篇讲的是亨利和凯瑟琳在战场上历经千辛万苦始终不渝的爱情，但是等到他们终于远离了战场，远离了硝烟，来到世外桃源瑞士，准备开始理想国的生活时，噩梦降临，凯瑟琳仅仅因为骨盆狭窄在生育时突然死去。设想一下，仅仅是设想一下，如果把小说结局改成大团圆结尾会怎样？凯瑟琳顺利生下孩子，皆大欢喜。我保证一辈子没走出战争创伤的海明威一定会把枪口调转过来，对准要改变他小说结尾的人。经历过战争的人比谁都清楚战争的荒谬、虚无和非理性，战争毁灭了人的理想和幸福，残害人的身体，戕害人的心灵。我们是如此热爱着悲剧，打动我们的爱情是凄惨的——《呼啸山庄》中的凯瑟琳与希斯克利夫，《飘》中的白瑞德与斯嘉丽；触动我们的画面是凄美的——《哈姆雷特》里中了毒剑的哈姆雷特,《九三年》里庄严死去的戈万；感动我们的英雄是悲情的——《悲惨世界》中死在珂赛特怀里的冉·阿让，《巴黎圣母院》中死在艾丝美拉达身边的卡西莫多……在现实生活中，我们追求俗世的幸福和圆满，而在文学作品中，我们渴望沉沦于悲剧情境，悲剧让我们心旌摇荡，神思迷醉，愿为所爱殉情，敢为知己舍命，浪迹天涯奋不顾身，两肋插刀舍我其谁。彼时彼刻，在另一个时空，我们达成了现实中无法实现的另一种意义上的饱满。

中国文学史上，没有产生诸如《俄狄浦斯王》《被缚的普罗米修斯》这样伟大的古希腊式悲剧，也缺少能影响世界的经典之作。中国人喜欢大团圆，就像童话故事里的结局永远都是“从此王子和公主幸福地生活在了一起”，尽管大家心知肚明，“童话里都是骗人的”。中国古典戏剧和小说钟情“大团圆”结局，这与培育了中华民族几千年的儒家思想中的中庸心态与情感需求有直接关系。中国文化喜欢轻松喜剧氛围的深层心理因素是儒家哀而不伤、中正平和的情绪与中国人讲究因果循环、善恶有报、英雄济世、生命无限轮回、有情人终成眷属等朴素的理想主义道德心态。虽然现实多动荡和苦难，但是大众习惯以喜剧态度对待苦难，以苦为乐，视死如归。现实的残酷在喜剧中得到心理补偿，这种回避现实尖锐矛盾的心态也是儒家思想长期教化的必然结果。

“在社会现实的外衣下，隐藏着另外一个现实，那是一种潜在的存在，它是一种尚未进入大众意识的真实，作家的使命之一便是对这种现实进行勘察与发现。”（阿瑟·米勒语）在小说领域，同质化的作品被厌弃，作家们心照不宣得了“大团圆憎恶病”。读者对严肃小说的期待和偏爱替代了对“精神鸦片”的依赖。作家们不再袖手旁观，他们意识到，不回避尖锐的矛盾冲突，勇于反思和剖析，敢于直面惨痛的现实，发掘残酷的真相和人性深不可测的黑暗的作品，才更有生命力和持久的艺术价值。悲剧会撕开血淋淋的伤口，毫不留情让你洞悉，人生最大的悲剧是你没有任何过错，但命运就是要捉弄你，摧残你，这就是生活。

大江健三郎早期小说的结尾是颇为迎合日本古典文化传统的。短篇小说《死者的骄傲》，为他赢得了“学生作家”“川端康成第二”等美称。也正因此，大江健三郎改变小说结尾的尝试遭到了几乎众口一词的批评。作为一个曾痴迷萨特、梅勒的存在主义小说家（大江健三郎是读了萨特之后突然选择了文学专业，并且写了关于萨特的文章而在法国文学系毕业的，他青春的前半段是在萨特的影子下度过的），大江健三郎的早期作品充满了与萨特颇为共鸣的否定与荒诞、拒绝与反叛的哲学宣言，读者在鸟和蜜三郎身上或多或少可以看到默尔索（加缪《局外人》中的主要人物）、洛根丁（萨特《恶心》中的主要人物）、克洛夫特（诺曼·梅勒小说《裸者与死者》中的主要人物）、哈勒尔（黑塞《荒原狼》中的主要人物）的影子。一些早期中短篇小说的结尾让读者像雨天溅了一身泥，充满了下坠、沉沦的重力，仿佛蜜三郎那张五官下沉的脸。

短篇小说《奇妙的工作》（1957 年首次发表）中的主人公“我”应聘了一份杀医院实验用犬的短工，同时应征的还有一男一女两名大学生，小说叙述了三人与杀狗人四人对杀狗问题产生的一系列争论和心理矛盾，最终“我”在被狗咬伤住院后得知，杀狗工作是一个骗局，不仅得不到酬劳，还要自己支付医药费。

> 火烧云开始出现在天空，一条狗高声吠叫起来。
>
> “我们原本打算杀狗，”我用暧昧的声音说道，“可被宰的却是我们几个。”
>
> 女学生皱起眉头，唯有声音在笑着。我也疲惫至极地笑了。
>
> “狗被杀了就会一下子倒下来，被剥去狗皮。可我们即便被杀了也还能四处走动。”
>
> “不过，皮理应是被剥去了呀。”女学生说。
>
> 所有的狗都开始吠叫起来。狗的叫声相互拥挤着升向黄昏业已降临的天空。在此后的两个小时内，狗的吠叫应该会一直持续下去。

结尾看似轻飘飘的暧昧语气背后隐藏着足以令人无法应对的血淋淋的恐怖。世人如果不时刻保持对战争的警惕，像那些待宰的狗一样麻木懦弱，就会落得跟狗一样悲惨的下场。

《人羊》（1957 年首次发表）中卑微的学生“我”在公交车上被醉酒的外国兵用刀逼迫脱了裤子，受了侮辱的“我”和乘客敢怒不敢言，“我”被“教员”跟踪下车并被其拉到派出所报案，被警察质问的“我”受到了再次侮辱，没有留下姓名地址就离开了，“我”宁可逃回到普通生活，也不愿成为戏剧化扩大事件的“牺牲的羊”，可“教员”不断跟踪“我”。

> “我会查出你的姓名。”教员用激动得发颤的声音说，充满怒气的眼里突然溢出了泪水。
>
> “我要把你的名字，还有你受到的屈辱，都公开出来。并且，要让那些士兵，让你们那些人都无地自容，不把你的名字搞清楚，我决不离开你。”

小说至此戛然而止。选择忍耐，苦痛与屈辱会如影随形；选择苍白的尊严，则沦为“牺牲的羊”。无论《人羊》的结尾趋向何方，都像一个冰凉的铁罩子扣下来，缺氧的空间让“我”和读者都陷入令人窒息的旋涡中。

1963 年，大江健三郎的长子大江光出生，光的头盖骨先天异常，手术后仍有智力障碍，是个天生的残疾儿。“鸟”和“根所蜜三郎”（《万延元年的足球队》的主人公）等面临的纠结和抉择也是大江健三郎面临的纠结和抉择。我们在大江健三郎的很多作品中都会看到光的影子，他是大江健三郎作品得以存活的骨血。“鸟”的命运、“蜜三郎”的命运就是大江健三郎的命运。“光每天夜里十二点要起夜，但是又不能好好盖被子，因而常常感冒，所以五十多年来，我每天夜晚最后的工作，就是用毯子把他包好。”大江健三郎在访谈中说。洞悉生死的大江健三郎不讳言生之艰难：

> 想起写作《个人的体验》的初夏时分，一个午后，窗就那样开着，缀满绿叶的树枝被风轻缓地摇动，在就季节而言还不算很热的屋里，我汗津津的身体俯卧着，怎样也无法动弹。带着从医院接回来的婴儿继续往来于医院接受诊治的日子，特别是这一天，在医院被告知了一个决定性的情况之后归来，人一下子扑倒在租住的房间里那张租用的大床上。以前虽然在文字上读到过这样的描述：绝望到身子一动也不能动，但当自己实际变成这种状态时，一边觉得竟然会真的如此，一边同时面对站在身后望着孩子的妻子，内心也这样想：自己所陷入的这种精神状态，在现时点上虽然已经无法挽回，但在今后决不能让她第二次看到同样的丑态。那种全身麻痹的状态持续了二十分钟，也许是更长一点的时间。但后来即使儿子身上又出现了各种各样的新问题，这样的症状却没有

在我的身上重新出现……

实际上，大江健三郎经历了与“鸟”“蜜三郎”同样的精神折磨，只是比他的主人公们在是否与残疾儿共生的选择上，更为果决罢了，真实的人生由不得长篇大论。他将死亡的出口留给了小说中的人物。《个人的体验》中自杀的火见子丈夫，《万延元年的足球队》中自杀的根所鹰四和蜜三郎的朋友,《被偷换的孩子》中跳楼自尽的吾良,《空翻》中自杀的师傅……这些小说中的人物，某种程度上缓解了大江健三郎因残疾儿、核威胁、信仰缺失等焦虑现实造成的灵魂危机。

大江健三郎在较短的时间内妥善应对了残疾儿带来的严峻问题，为确认其意志和行动的意义，写了长篇小说《个人的体验》。令大江健三郎始料未及的是小说结尾受到了蜂拥而至的指责，批评的焦点在于共四百五十页（日文版）的长篇，用四百四十六页（日文版）来写“鸟”面对残疾新生儿所产生的内心恐惧、挣扎，如何用酒精、情人和非洲地图等各种努力来逃避患了脑疝的婴儿，包括和情人火见子一起谋划杀害婴儿的方法，直至最后三页零四行（日文版）情节才陡然反转，舆论普遍认为“鸟”戏剧性的心理转变未免过于单纯而突然。

大江健三郎对已成定论的有关他小说“大团圆”结尾的指责不以为然，认为那些攻击愚蠢而轻率。他认为“鸟”的瞬间心理转变就应该这样单纯而突然。他的自信部分源于《个人的体验》

是“有源头活水来”的半自传体小说。实际上大江健三郎在对待大江光的态度上并没有犹豫很久，蓦然醒悟、醍醐灌顶不都是刹那间的事情吗？在大江健三郎的小说中，残疾儿是个永恒因素，源于他自己真实生活中即是残疾儿父亲这一事实。大江健三郎与他的同侪理论上同受日本文学传统的熏陶，继承了日本古典文学中的物哀传统，以毁灭、虚无为永恒美，以消逝、死亡为极致美。透过死亡和黑暗来观察人生，几乎成了日本作家的写作定式。百忧感心，万物劳形，似乎只有摧败零落方能贯穿“一气之余烈”。但自杀还是活着？大江健三郎显然比与他青春期轨迹相似的太宰治想得多想得远。生而为人，他并不觉抱歉。尽管在《关于浪漫的完成》中，还是少年的大江健三郎表达了对生而为求死的感性的太宰治之死的理解：“他走了。逃离了‘时代的苦恼’，却不是去追求‘救赎’。通过逃离，他获得真正的自由。毫无约束地定义了他的本性是浪荡子，本质是浪漫主义者。”早慧的大江健三郎以孤独之心体认了太宰治的孤独，不过，大江健三郎本质上绝非浪荡子和浪漫主义者，他是地道的现实主义者，和村上春树一样，在对待生死问题上，他比太宰治更为严肃和清醒。

也许大江健三郎的内心与“鸟”一样，有过一百次求死的幻想，但只是幻想罢了。“于是，我们只好活下去，去爱，去恨，去性交，去参加政治活动，去同性恋，去杀戮，去获取荣誉。然而一旦觉醒，发现自杀的机会就在眼前，等着你去决断。不过，一般都没有这种自杀的勇气，所以我们活在无所不在的自杀机会的眼皮下。这就是我们的时代。”（大江健三郎《我们的时代》）与太宰治的“逃离”殊别，大江健三郎选择面对困境，与畸零人共生。

虽然大江健三郎对自己小说结尾的处理方式甚为满意，但这些对小说结尾的批评仍然刺激了他。任性而可爱的他甚至做了一册《个人的体验》私家版，另设了极为绝望的三页零四行——残疾儿在“鸟”幡然悔悟之时却已被阴谋害死。字数和公开刊本结尾相应部分完全相同。大江健三郎还撰写了《另外一部〈个人的体验〉》进行申辩。“这部小说所有的意象，直到鸟转向的瞬间，都朝着负的方向、下降的方向倾斜，小说是沿着否定性的下坡一路展开的。因此，鸟做出决断以后的三页零四行的分量，必须呈现出能够使倾斜而下的小说充分逆转到正面的方向、上升的方向去的趋势；必须加重朝着肯定方向上升的砝码，直到足以恢复小说力学的平衡。在这样的意义上，我觉得公开版比私家版更为安定。”他宣言即使能够获得这部小说改版的机会，他也不会考虑把私家版作为第二个公开发行版，他把制作这本私家版看作无太大意义的游戏。

我认为正向结局建立在大江健三郎苦涩的现实经验和人物性格发展必然逻辑之上的理由已足够充分。从表象看，文脉的延续和协调就如呼吸的频率，打乱节奏总是会让人感觉不舒服。但顿挫跌宕、抑扬起伏正是小说本应有的内在脉搏。说到小说力学的平衡，我不认为与四百五十页长度相比，三页零四行和三四行在力学平衡的比较上有质的区别。三四行也罢，三页零四行也罢，均无法恢复小说力学上的平衡。并且，写小说的人都清楚，力学平衡并非小说写作需要遵循的金科玉律，从这点来说，大江健三郎压根无须为此申辩。

此外，大江健三郎认为，鸟夫妇抚育智能指数很低的孩子，必须不断忍耐下去的生活，未必是包孕在幸福的光芒之中的。小说的结尾并非一般所谓大团圆结局而只是“必须不断忍耐下去的生活的开始”，这个申辩理由我完全赞同。就如同个性倔强的简·爱与瞎眼瘸腿而且刚愎自大的罗切斯特一起生活未必就是琴瑟和鸣的开始。我觉得《个人的体验》《万延元年的足球队》之类的结尾只是将死亡等悲剧美学的固定因素换成另一幅面孔出现，那就是缺憾。且不说从哲学意义上看，“盖将自其变者而观之，则天地曾不能以一瞬”，单是大江健三郎和大江光虽在“忍耐”与“希望”之中友好地“共生”下来，但可以预料到的与残疾儿共生的困难以及大江健三郎真实生活中与光经历的种种波折，也足以与“大团圆”划清界限，活生生的现实即是对这类指责的最好回击，从这个意义上说，“鸟”的转变不是救赎，而是重生。

大江健三郎的长篇小说《万延元年的足球队》仍然延续了与《个人的体验》如出一辙的毫无预设和铺垫的逆向结尾方式。阿蜜夫妇尽管破镜重圆，这种新生活的开端仍不乏无奈和牵强，当菜采提出与阿蜜和好时，阿蜜脑海中确实回响着一句最简单的话语：“既然鹰四死了，我们就只有一起生活下去了。”这与鹰四的“亲兵”星男和阿桃宣布结婚计划时的话语相同。星男说他如果不和阿桃一起生活下去，就没有可以依靠的人了，蜜三郎和菜采也是这样。小说的最后一句话，我觉得恰是给貌似大团圆的结尾一个相悖的焦虑暗示："有一瞬间，我认为这对于我，总归是一次新生活的开始，至少在那里可以轻而易举地建起草屋。"庸常生活卷土重来，夫妻俩不过是换了另一个新的牢笼。怀抱着这样一种不适感生活下去，就像贝类忍着砂砾一般，沉淀下来的可能是珍珠，也可能不是。

最艰难的决定，以最潦草的方式，调和成一致的图案。此时，回看《个人的体验》最后一句："鸟还想翻开被遣送回国的戴尔契夫在扉页上写了'希望'字样赠送给自己的那本巴尔干半岛小国的辞典，首先查一查'忍耐'这个词。"我们不难发现，爱情和婚姻都没有办法永远不变，更多的是人性与环境达成微妙平衡。用"大团圆"结尾来定义大江健三郎的小说确属轻率和不够客观；用拙劣简单或不自然的方式逃避掉问题来臆断此结尾的处理，亦非公允。

不论是《个人的体验》还是《万延元年的足球队》，即使看起来有一个温暖的结尾，我相信，也没有多少人愿意置身其中。

深入大江健三郎的人生背景，再咀嚼他的个人体验，我们就会恍然发觉，最好的结尾是作者顺从自己意愿创造的那一个，是作者自己的需求和动机所驱动的那一个。每个作家都有自己对现实的诠释，作品表达的应是深刻的人性真实而非表面的真实。能够从寻常现实中创造出看似不真实的情境却仍与真实相关，正是艺术的精髓。

从艺术多样化角度而言，允许并鼓励文学多样化，是读者和作家间约定的一部分。多维性和丰富性是小说结尾本应具有的天然属性。现今社会，快节奏生活带来的精神压力倍增，喜欢看肥皂剧和爆米花电影的观众大有人在，生活疲惫、压力重重的人们在钟情大团圆结局的影视文化中得到纯粹的娱乐和愉快的放松，这也是好莱坞式经典结尾长盛不衰的原因。因此，所谓大团圆结尾、欧·亨利式结尾、揭谜式结尾亦不该被苛评。无论何种结尾方式，都自带某种意趣，而任何一种意趣都不该被粗暴勾掉。

大江健三郎是个无神论者，他既不认同神和各种宗教，也不像三岛由纪夫一样崇尚天皇的权威，所谓“宗教和道德式的怠慢”，无非是大江健三郎积极探求人们获得实现自我拯救的其他神秘途径的可能性，以危机的形式呼唤“新人”的诞生。

如同大江健三郎的精神偶像萨特在二战后的作品中体现出存在主义的新动向——不再单纯在荒诞的世界里书写无所事事，而是从绝望的世界中寻找希望一样，大江健三郎也试图从创作“否定性”文学主题转向展现“肯定性”希望主题。这对于习惯了固化稳定叙述模式的作家来说，无疑是一种应当得到肯定和鼓励的尝试，哪怕他的尝试是不完美的。尘埃落定之前，尘土飞扬是必然的。

太宰治对所谓的“完美”有清醒的认识，“通篇结构严谨，具有适度的诙谐和在适当时机让读者流泪的悲哀……读起来令人肃然起敬完美无缺的小说，这种玩意真叫人害臊，我哪能这么写呢？写出这种杰作的想法本身就是卑劣的”，太宰治的话虽犀利过头，却也道出了缺憾美在艺术领域不可撼动的地位。生活本身尚且有可能毫无逻辑可言，对小说过于艺术化和狭隘化的要求必然使得作品走向讨巧和极端，要求艺术没有缺憾本身即是一种缺憾。即使大江健三郎对小说结尾的尝试是不成功的，那也恰恰是另一种意义上的成功。龙生九子，各有不同。同理，一个作家的作品也不应只有一种样貌，对小说最公正的对待当是宽容小说的个性化以及结构的多样性和变化性，包括结尾的方式。毕竟，生活和艺术充满了无尽的可能性。

“鸟点了点头，走出酒吧。他坐的出租车在被雨淋湿的柏油路上急速奔驰。如果孩子在被救活之前出了事故死了，我迄今为止的二十七年生活就都没有意义了。鸟想，一种从来没有体验过的深重恐惧感笼罩着鸟。”这是小说那三页零四行结尾之前的部分。如果小说到此完结，悬念顿生，二律背反的命题并未消解。开放式的结尾也许会得到积极肯定的评价，至少不会引发大面积的责难。

大江健三郎也这么想过，但他不想讨巧，他还是想给他的小说一个明确而完整的结尾。于是，才有了那引发争议的三页零四行，在抵达这样一个俗常的结局之前，是太漫长的个人体验。刻薄点说，大江健三郎足够坦率，甚至坦率得有些过度，像个体验过头而用力过猛的“伪恶家”。从小说基于真实个人体验及过犹不及的角度说，我倒觉得《个人的体验》若写成短篇小说，并抛弃三页零四行的尾声，或许更适合读者和评论者的口味。

大江健三郎非常清楚如何结尾会得到赞美，如何结尾会具备不会被任何人攻击的优势，那样的收尾方式对他来说驾轻就熟。但大江健三郎偏要逆评论界口味而写，他不想让他的小说像一个钉在墙上的昆虫，被既定的思维框架绑架。他想要不断地探索小说艺术广阔的潜力，这种挑战自己、超越自己的勇气已然值得钦佩。

向读者展示了小说形式无限可能性的卡尔维诺在中篇小说《分成两半的子爵》中借子爵之口顿悟：“我突然发现，我竟有两个我。”小说的价值在于有能力展现树叶在风中摇曳的百态之美。

鸟儿们冲出笼子的N种飞行轨迹

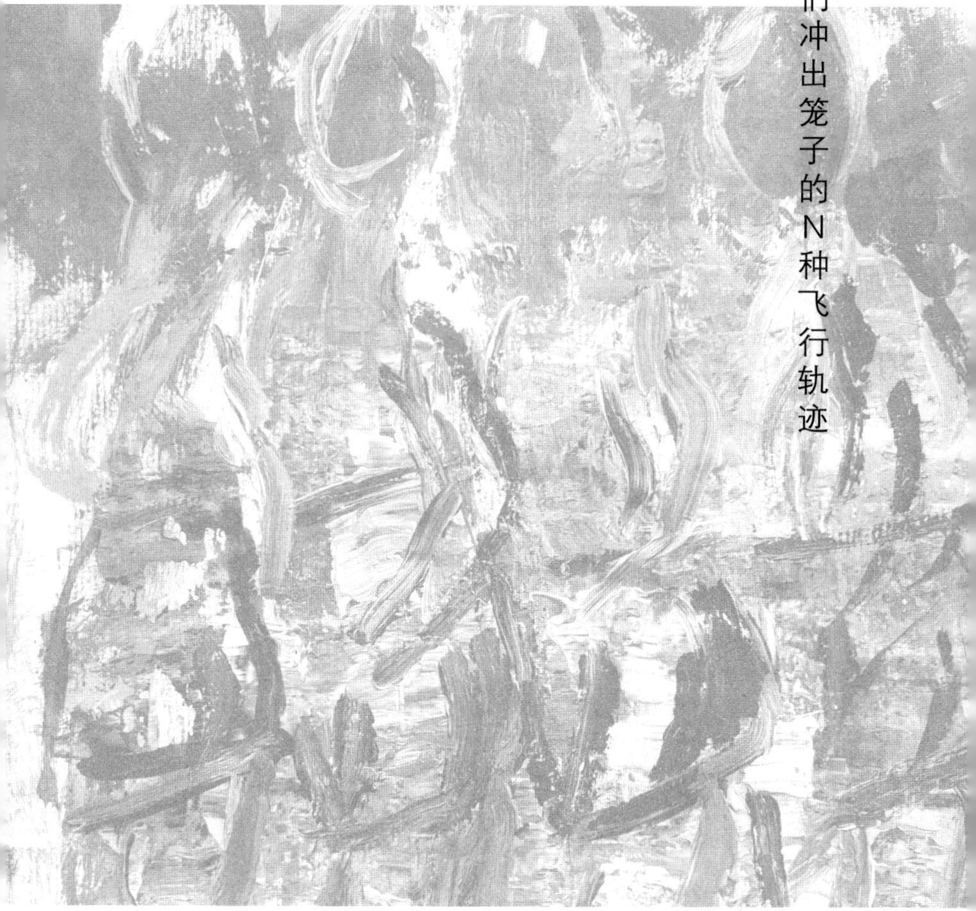

高二一节小说阅读课上，专项训练的题库给学生们提供的阅读篇目是俄罗斯首位诺贝尔文学奖得主伊万·阿列克谢耶维奇·蒲宁的短篇小说《中暑》。那是我第一次读到蒲宁的短篇小说，跟学生们一样，我立刻被蒲宁的文笔迷住了。之后我才留意到人教版高中语文选修课本里选过蒲宁的短篇《安东诺夫卡苹果》（我们一般不使用选修课本），内容和题目一样，甜美、馨香，语言自带色彩感和音乐感，但在蒲宁的作品里，我还是更喜欢《中暑》，虽然就高考的应试性而言，《中暑》并不是个理想的文本。

《中暑》讲述的是一次并不罕见的艳遇，一场有悖道德的婚外恋，一段痴迷而又伤感的一夜情。这样一个司空见惯的题材却能在一个世纪的时间长度里历久弥新，牢牢抓住万千读者的心灵并引发紧张的思索，这本身就值得探究。女郎与中尉在轮船的甲板上相遇，经历了一生中任何时候都不曾有过的体验。一夜温情

后，女郎恢复了理智，拒绝再与中尉同行。她对中尉说："今天在我身上发生的事情，以前我从未做过，哪怕是类似的情况都没有，以后也不会有的。"中尉则爽快地答应了她的要求，"轻松愉快地用车把她送回了码头"，"他怀着同样轻松逍遥的心情返回旅馆"。然而，回到旅馆之后的中尉，发觉情况完全不同了，没有了她的气息的房间显得空落落，她身上高雅的英国香水的幽香还隐约在空气中，她那杯尚未饮尽的茶还放在托盘里。中尉的心突然一阵发紧，涌起了一股控制不住的柔情，他要去找她，告诉她，他的余生没有她就可能变得毫无意义，她已成为他生命的全部，失去她令他万念俱灰。但，此时中尉吃惊地发现，他竟然对她一无所知。第二天同一时刻，"中尉坐在甲板的遮棚下，感到自己一下子老了十年"。

蒲宁大体上算是个温暖平和的作家，语言柔性，文字像是晾晒过的棉被，优雅点形容，更像法国的波尔多红酒，淡淡的甜蜜底味，融入若有若无的苦涩。那一点忧伤和怅惘不过是微风吹起的湖上涟漪，带着草木般好看的弧度。

说到爱尔兰小说家克莱尔·吉根之前提到蒲宁，是因为蒲宁的《中暑》与吉根的《南极》之间确乎存在着某些微妙难言又不容忽视的联系。我已不记得何时何地读到的《南极》，初读时那种浸入骨髓的凉意也许因冒犯了思维的秩序而在阅读体验中自动加强了烙印。《南极》与《中暑》题材上高度互文，"南极"与"中暑"都是与天气有关的移情隐喻，一冷一热，题材又同是关于一夜情，两个家庭背景相似、身份地位相仿的小说女主角在湖水般平静的生活表象下跃动着的是同样一颗暗流汹涌的躁动之心。

《南极》中婚姻幸福的女人总想尝试一下跟陌生男人上床的感觉。如同从未出过远门的人对一场说走就走的旅行的向往，女主角渴望一次心灵摆脱束缚的冒险。对很多女人来说，步入婚姻确实应被视为某种误入歧途，不过从这儿迷途折返是否就是解救呢？以采购圣诞物品为名进城的女人，穿上紫红色短裙和高跟鞋，在酒吧里如愿以偿地搭识了一位迥异于丈夫身份与品位的穿着艳丽夏威夷衬衫、头发泥土色、脖子上挂根金链子的蓝领工人，一个孤儿。一夜缠绵，她释放出令人吃惊的激情。第二天早上，心满意足的她悄悄离开熟睡的男人和他那座搭建在顶楼的简陋小屋，回到旅馆，洗澡，换衣服，退房并打电话回家告知预定返回时间。昨夜狂欢的痕迹似乎可以像蛛丝一样被轻易抹去，情节至此，简直就是一场完美的外遇，一篇爱尔兰的《中暑》。

然而，男人找上门来，邀请她共进午餐。希腊沙拉、烤鲑鱼、愉快的谈话……昨夜种种涌上心头，她继续了这个甜蜜的冒险游戏。再次来到简陋小屋的女人赤身裸体地被男人用手铐铐在黄铜床板上，嘴里被塞了布。孤单的心灵渴望留住一缕光，男人将她独自留在昏暗的屋中上班去了。她挣扎摇晃，被子掉在了地上。冷风从敞开的窗户涌进来，充满了房间。没有人会知道她在哪儿。她打起了冷战，愤怒变成了麻木，又变成了恐惧，最后恐惧也消失了。所有短暂的温情都变成冽风穿透她的身体，又呼啸着离她而去，寒冷降落在她身上，一轮冰凉的太阳缓缓升起，昏沉中“她想到了南极、雪和冰，还有探险者的尸体。然后她想到了地狱，想到了永恒”。充满了无尽诱惑的鼻尖上的那一粒糖最终却变成嘴唇上的那一颗盐。

曾几何时，从欧美到亚非，女性在家庭中的地位是比较低下的。传统时代的俄国妇女也不例外，没有选举权，人身权利也极其受限。法律规定妇女必须服从父亲和丈夫，丈夫是家庭的权威。随着社会的不断进步与发展，女性的平等意识逐渐觉醒，开始厌弃自己家庭主妇的身份，厌弃一成不变的死水般的生活，想要从家庭的重负中解脱出来，争取哪怕是片刻的自由。有的决然出走，有的期望用短暂的脱轨或一时的放纵反抗对长久受束缚的婚姻生活的忍耐。文学作品中这样的女主角就应运而生了。1860 年，英国作家乔治·艾略特完成了《弗洛斯河上的磨坊》；1877 年，俄国的列夫·托尔斯泰完成了举世名著《安娜·卡列尼娜》；1879 挪威戏剧家易卜生的代表作《玩偶之家》首演，它被比作“妇女解放运动的宣言书”。然而，挣扎的麦琪、脱轨的安娜、出走的娜拉，都没有寻到一条解脱之路。1922 年，苏联成立，废除了使妇女处于不平等地位的旧婚姻家庭法，妇女获得了更多的选择自由。问题也随之而来：腐朽的旧的家庭和婚姻模式已经坍塌且日趋崩溃，创建一个新的、美好的、健康的家庭婚姻关系的指导性原则尚不存在。蒲宁的《中暑》写于 1925 年，彼时女性在家庭中的附属地位并没有实质性的改变。

蒲宁似乎刻意回避了《中暑》故事发生的时代背景及女主角的家庭背景，读者的关注点更多在爱情的突然被唤醒及被唤醒后却失而不可复得的怅惘。“此情可待成追忆，只是当时已惘然。”回寻一下字里行间的蛛丝马迹，生活在平静如水的婚姻里的中产阶级女郎虽体验了一生中从未有过的释放爱、得到爱的瞬间，但她绝不想因意外的爱情入侵破坏了既定的生活轨迹，她始终没有说出自己的名字，她对中尉说的话恰可诠释她的真实心理：“要是我们继续同行，就会把一切弄糟的。实话告诉您，我绝不是您可能认为的那种女人。我大概是一时糊涂了。或者，说得更确切点，我们都好像是中暑了。”发热、胸闷、气短、四肢无力，一时的机体功能紊乱可不就是中暑的症状吗？肉体上的“中暑”被女郎默认了，精神上的“中暑”却被女郎以“一时糊涂”轻易敷衍过去。她这只短暂离开笼子的“金丝雀”自由飞了一天后，又神不知鬼不觉地回到了安全网内，继续自己如绸缎般平滑的婚姻。目力所及，对蒲宁《中暑》这篇小说的解读或介绍均局限于一个海市蜃楼般的爱情童话，一段令人心醉的旅途艳遇。但我认为过于中规中矩的阐释至少辜负了蒲宁在题目隐喻上的良苦用心。

文本固然在一定程度上圈定了阅读者的阅读方向、范围、深度等，让阅读者的理解朝着作者希望并认同的本义靠拢，但毋庸置疑，文本也有另一个它所无法掌控的方面，即它并不能完全将阅读者的思维拘囿、规范、制约在划定的范围内，读者会按照自己的阅读经验和情感体验来理解文本。如此，“误读”就会出现，而“创造”是它的孪生子。“误读”和“创造”从某种意义上说都是对文本的合理解读。如果所有的读者对文本都持同一种理解，这种理解又吻合创作者创作的本旨，那并不必然意味着作品的成功。一千个读者只有一个哈姆雷特，既有违艺术创作的规律，又是一种极为可怕和危险的暗示。我相信苏珊·桑塔格所言，阐释本身具有多重性，即种种阐释都具有同等的可信性。

除了《中暑》，《蒲宁短篇小说集》里不乏探讨女性渴望恋爱自由、追求精神独立的作品。蒲宁尤其擅长描写无疾而终的感情。《寒秋》里，刚跟女孩公布了婚约的男孩第二天就去了前线，一个月以后战死沙场。女孩在颠沛流离中过了大半辈子，“每当我回忆起此后所经历的一切时总是问自己，我一生中究竟有过什么东西呢？我回答我自己，有过的，只有一件东西，就是那个寒秋的夜晚。世上到底有过他这个人吗？有过的。这就是我一生中所拥有的全部东西，而其余的不过是一场多余的梦而已，我相信他在那个世界的什么地方等候着我。还像那个晚上那么年轻，还像那个晚上那样爱着我”。无爱的生命延续百年也不过是黯淡无光的碎梦的重复，女孩终生被困于早已失去的爱，想要获得新的感情却又永不可得。《一支罗曼蒂克的插曲》抒写的也是边缘式爱情和爱而不得的忧伤。“我”在如水墨画般的北国乡间，邂逅了即将嫁给伯爵的“她”。虽是一见钟情式的爱情，若要割舍却也痛彻心扉。婚后的女人失去了自由，但她仍勇敢地质疑了无爱的婚姻：“我们应当离婚。你不应当让我成为你那愚蠢的、莫明其妙的爱情的牺牲品！”而那个原本令她害怕的伯爵，尽管已病入膏肓，余威仍在。“我什么都会做得出来，”他说，“我没有什么可丢失的！”“我”决定去见“她”。然而，她的丈夫受她之托寄来了消息，她已与世长辞。渴望自由的灵魂还未飞出牢笼就已夭折。结合蒲宁同时期的其他作品，我有理由肯定我对《中暑》的解读不会是空穴来风。

探讨女性意识崛起的小说，一直没有中断。英国作家多丽丝·莱辛 1950 年创作的小说《青草在歌唱》中的玛丽看似独立而自由，试图摆脱父权制、夫权制的压迫而不可得，一生都在挣脱与妥协之间摇摆。事实正如美国著名的女权主义批评家伊莱恩·肖沃尔特所言：“后女性主义观点认为，妇女得到的选举权已经抹平了男女社会角色的差异，女权运动已经取得胜利，就伍尔夫那一代和出生在 20 世纪的妇女所享受到的不同机会来说确实如此。……但 20 世纪 60 年代的小说开始通过幻灭和各种背叛表明，所谓的‘自由女性’并不是那么自由。”（《她们自己的文学：从勃朗特到莱辛的英国妇女小说家》）

女性不断探寻独立生命个体存在的种种可能性。或纵身一跃，永不回头；或失足坠崖，一次小冒险便可能搭上性命。村上春树写于 1989 年的短篇小说《眠》，是书写此类题材的代表性作品。

《眠》中的女主角在婚姻中渐渐丢失了自我，像一个被定时开机的电脑，她今天的生活不过是昨天的复制，明天的生活不过是今天的翻版，连台词都千篇一律。她不得不每天对早上八点十五分准时开车出车库的丈夫和儿子说："小心！"丈夫和儿子又不能不这样回答："放心！"丈夫车里的音乐永远是海顿或莫扎特，儿子挥手的姿势永远跟丈夫如出一辙。女主角的生活轨迹永远无新意：采购，打扫房间，洗衣煮饭。被剥夺了时间、精力和自我的女主角，像被卷进旋涡中的鱼，女性思维、女性意识长眠在身体最深处。她被为社会所认可的贤妻良母的身份绑架而不自知，直到有一天，她完全丧失了睡眠，十七个白天黑夜不眠不休。被迫拥有自由时间的女主角，却逐渐主动从"眠"的麻木状态中清醒，"惊诧昨天与前天混为一谈的事实，惊诧这样的人生竟包含自己吞噬自己的事实，惊诧自己留下的足迹没等确认便被风倏然抹去的事实"。她要活出本来的那个自我，找回那个灵魂消失的自己。在一家人沉眠而她无法入睡的夜里，她一点一点找到了当初那个边吃巧克力边走火入魔般看书的她（只因丈夫讨厌吃糖果，婚后的她再没吃过巧克力），她边喝白兰地边忘我地翻动《安娜·卡列尼娜》，一直看到晨曦微露。她被《安娜·卡列尼娜》中的一段话所触动——"人无论在思维还是在肉体行动上，都无法逃避一定的个人倾向。人这东西不知不觉之间形成自己行动和思维的倾向，而一旦形成便很难消失，除非发生非同一般的情况。换言之，人是生活在此种倾向的囚笼里。"她体悟到"从倾向一词中我想到的是家务，我麻木地机械地继续着的家务。做饭、购物、洗涤、育儿，这些恰恰就是倾向，舍此无他。我不睁眼睛也能干完这些事。因为不外乎倾向罢了。按电钮，拉控制杆。于是现实这东西便前仆后继地向前流去。身体动作大同小异——不过倾向罢了。结果，我像鞋后跟磨偏那样被倾向性地消耗下去，而为了加以调整和降温，每天的睡眠就是必不可少的了…… 那么，我的人生到底算什么？我倾向性地被消耗，为进行治疗而睡觉。我的人生岂非仅仅如此周而复始？岂非哪里也觅不到归宿？纵使肉体不得不被倾向性消耗一空，精神也还是属于我自身的。我要切切实实地为自己把它保管好，不交给任何人。不稀罕什么治疗。我不睡”。不过，村上春树血液中流淌更多的是忧郁和悲观，他的觉醒了的女主角最终还是受到了象征男性强权的两个男性抢劫犯的进攻，柔弱的女主角孤独地躲在车里，胆战心惊地等待未知的命运。故事是个没有结局的结局。尽管女性意识的崛起不可避免地受到男性意识的打压和胁迫，女性意识终究还是会醒来，女性终究不会永远是男性的附属品。

《眠》的某些出发点与落脚点和《南极》有着暧昧的交叉，两篇的结尾方式同样预示悲剧即将上演而又不排除有意外转折的余地。

在与俄罗斯隔着波罗的海又隔着北海的遥远的爱尔兰，声名鹊起的短篇女王克莱尔·吉根遥相呼应了蒲宁和村上春树（国内普遍拿吉根与爱丽丝·门罗相比较则有着更多为受众所喜闻乐见的缘由）。她是爱尔兰当代最受瞩目的新锐作家，不过她与1995年获得诺贝尔文学奖的爱尔兰诗人谢默斯·希尼一样，在中国并没有产生与他们的成就和在世界上的地位相匹配的足够影响。克莱尔·吉根出生于1968年，1994年开始短篇小说创作，她的两个短篇相继获得两个爱尔兰短篇小说大奖——弗朗西斯·麦克马努斯奖和威廉·特雷弗奖。1999年出版了她的第一部短篇小说集《南极》。短篇小说《南极》是她的成名作，也是她第一部短篇小说集的名字。她据此获得了爱尔兰隆尼文学奖和《洛杉矶时报》年度图书大奖。

2013年获得诺贝尔文学奖的加拿大女作家爱丽丝·门罗被认为是当今世界上绝无仅有的坚持只用短篇小说这种体裁从事文学创作的大家。国内的评论者甚至断言这位“一代女性的导师”很可能是“后不见来者”的短篇小说大师。而与门罗同样擅长写乡村题材、女性世界且同样只写短篇的吉根的崛起毫无疑问让这句断言显得有些急切和鲁莽。

吉根成长于传统的爱尔兰家庭。与传统的中国家庭相似，爱尔兰女人是被禁锢在家里的无声群体，父亲作为一家之主的权威绝不容挑战。和大多数爱尔兰女性一样，吉根从小就被母亲训练如何去理解男人，取悦男人。她曾在访谈中讲过一个故事：一天晚上，她大哥下班回家，姐姐照例给他端上做好的晚餐。少顷，母亲把姐姐叫到一旁，对她说：“那块肉上面有一层油腻的肥肉，我看到他盯着它看。”“那是母亲在教我姐姐怎样服侍男人。爱尔兰女人就是这样，想男人所想，体会他们的需要，而男人却很少这么做。”吉根就是在这样的家庭氛围中长大的，这种爱尔兰人习以为常的思维方式在某种程度上却有益于她的写作，她既能顺利抵达女人的内心深处，也能毫不费力地理解男人的身心诉求。她对人性深刻入微的洞察，已不仅仅折服众多的读者，也获得了同行们的青睐。美国作家理查德·福特说，吉根属于那种稀有的作家，他永远都乐意读她的作品。爱尔兰作家安·恩莱特大赞吉根语言的节奏和快感，认为她的小说完美、无可挑剔。英国作家希拉里·曼特尔也用了“完美无瑕”来评价吉根的小说。

即使仅仅从作品的取材上来判断，吉根也已然无愧于任何赞美。她的作品大多取材于爱尔兰乡村生活，然而她跟我们思维中约定俗成的乡土作家相距甚远，无论是写作角度还是写作语言。就像著名作家薛忆沩评价谢默斯·希尼那样，“他乡而不土，他用语言消除了城乡的差别”。毫无疑义，吉根是这句评价的践行者中的典范。除了《南极》，描写妇女意识觉醒的题材在吉根的小说中还有《男人和女人》《有胆量的就来吧》等，普通女性的觉醒、追寻与反抗也并不都引发随机性的不幸。《男人和女人》里的妈妈，一直隐忍着接受家里的男权，“我问妈妈：‘为什么他们什么活儿也不干？’‘他们是男人。’她说。好像这就解释了一切。”圣诞夜，妈妈不顾丈夫的嘲笑，穿着喇叭形的华丽红裙子去参加新年晚会，回来的路上，她用悄悄从电视上学来的驾驶技术止住了往后溜的车，穿过白雪覆盖的树林把全家人拉回了家。留下爸爸站在那儿，看着汽车尾灯。“雪花落在他身上，落在他没戴帽子的头上，落在他手里拿的帽子上。”

多么漂亮过瘾的结尾！貌似强大的男权其实也最有可能色厉

内在。她的写作着眼点“不是揭开女性的隐私，而是挖掘人性的秘密；她要唤起和捍卫的不是女性的特权，而是作为一个人的尊严”。

《有胆量的就来吧》中的她和丈夫一起度过了十年，她称为“她的男人”的那个人，外表英俊，内心却像刚从冰柜里拿出来的啤酒一样冰冷，“就算她刷了牙，他也能闻出她喝了威士忌。就算她把罐头扔了，他也知道她从商店里买了罐头蔬菜炖海鲜，往里面加了调味品，因为她不想烧菜”。十年间她一直想走进他的内心深处，她猜想，如果他费了那么大劲，那里面一定隐藏了特别珍贵的东西，就像牡蛎壳里藏着的珍珠，但后来她放弃了，因为她意识到那里面其实什么也没有。什么也没有！只有一个坚硬的空壳。当她发现自己在一个空壳身上浪费了十年的时间，她决定逃离。她约了报纸上发征婚广告的在磨坊干活的农工，他们开着卡车奔向未知的远方，“罗斯琳摇摇晃晃地改变车道，仿佛开车离开家就会远离那种感觉。但她开得越远，那种感觉却越明显”。换一个男人，隔膜犹在。格里恩——她的约会对象——“拿起菜单，竖在两人之间，好像那是一块盾牌”。他们停下来加油买啤酒，立刻回到车上，停下来就意味着掉头，而她不想回头，哪怕前途叵测。就如他们最后到游乐场坐上的巨型滑梯上的牌子所写的：“有胆量的就来吧！”生活需要一些冒险，“没有人问他们是否准备好了，那只手就推了他们一下”。旧轨道陈旧粗陋，新轨道幽深凶险，放弃与拥有都要付出未知的代价。毛姆对此的总结是："当你决定离开常轨行事时，这是一种赌博。许多人被点了名，但是，当选的寥寥无几。"

如果说蒲宁温暖感伤，村上春树忧郁悲观，那么吉根就是冷峻犀利。在吉根的每一篇小说里，我们几乎都会发现显性或隐性的囚笼，那囚笼是秘密、嫉妒、幼稚、自私、自责、忧伤、痛苦、绝望、仇恨、背叛、回忆……当然还有爱。《冬天的气息》里格里尔饱受秘密的折磨，妻子被强奸，他折磨妻子也折磨强奸犯，最终黑人强奸犯的逃跑引起了连锁反应，被同一秘密折磨崩溃的保姆一边叫着"我不干了"，一边朝黑人的方向跑去，秘密即将曝光，格里尔必将被迫面对现实，他会如何打开心牢？吉根既不给读者提供一个立场，哪怕是模糊的立场，又不给读者一个答案，哪怕是不确定的答案。格里尔像是从未喝过白酒的人糊里糊涂干了一杯，会如何反应，他自己不知道，读者也猜不到。格里尔囚禁妻子和强奸犯的牢笼最终囚禁了自己。黑人和保姆逃出了一个牢笼，但也许另一个牢笼正张开大口等待着他们。《千万小心》中的"我"因小时候在便利店偷了一本杂志而被父亲囚于狗屋与响尾蛇待在一起的残酷经历导致"我"宁愿与杀妻魔鬼在渔船上共度恐怖的一晚，也不愿跳水逃生与水蛇有任何接触。"我"虽早已逃离父亲的手掌心，但逃不掉致命的回忆阴影，那就是"我"成为一个胆小鬼的所有理由。《燃烧的棕榈》中小男孩在妈妈催促他离开外婆家回自己家时，撒谎说作业未完成而拖延时间，因为他不想回家面对嗜赌的酒鬼父亲，也不想面对父亲与母亲争吵，但他的拖延却造成了母亲车祸死亡的意外。外婆最终一把火烧了旧房子，带着小男孩努力走出内疚和自责，“过去的碎片，全都在空中飞”。《姐妹》中，活在自私势利的妹妹的阴影下习惯沉默付出的姐姐，揭穿妹妹的谎言并一剪子剪去了妹妹的金发，既剪去了姐姐多年的嫉妒、屈辱和不甘，也剪去了妹妹的寡情、虚荣和骄傲，“没有了头发，路易莎什么也不是”。《护照汤》里的夫妻则被失女之痛折磨而难以自拔，从女儿失踪的那一刻起，家就变成了一个大停尸房。噩梦开始，生活停滞，出路在哪里？唯有时间。《护照汤》从星期一写到星期五，从妻子甩开他的手臂不跟他说一句话到给他留了一张便条，直到故事最后——“责备的言辞，刀片一般尖利的话像刀子一样从房间里飞过，从他头上飞过。那些把他割开的言辞。她在把他撕开，把刀插进去。她在转动着刀柄，转动着。但是弗兰克·科索感觉好多了。这是一个开始，这比什么都没有要好。”极端冷静的叙述掩藏不住深入骨髓的悲伤。英国作家伊恩·麦克尤恩的小说《时间中的孩子》探讨的是同类题材——丢失孩子的父母如何从深渊中觉醒。同样的悲凉底色，同样的艰难救赎。斯蒂芬在超市弄丢了三岁的女儿，他徒劳搜寻，妻子绝望隐居，酒精也麻痹不了他的痛苦，最终好友的自杀和妻子的怀孕使他猛然觉醒。故事虽已结束却有冗长的余波：我们每个人都是时间中的孩子，可能静静地继续走下去，也可能在迷雾中继续摸索。

吉根笔下的每一个人，农民、神父、护林员的女儿、体面的中产妇女、一无所有的伐木工……都是带着伤口生活的人，内心都有自己的挣扎与痛苦。吉根在写下绝望的同时也写下了希望，写下冰冷的同时也写下了安慰，写下理智的同时也写下了冲动，写下粗暴的同时也写下了反抗。

无论是困在《南极》里的女人，还是《中暑》里的女人，包括那些似乎已经从《眠》中醒来的女人，当然还包括世上千千万万的人，即便像鸟儿一样冲出了笼子，未来的路，都将飞行在不同的路径上。没有同行者伴随，也就意味着路上可能面临孤独，也可能遭遇风险，而成长，是一个缓慢而困难的康复过程。

花园尽处的风光

读克莱尔·吉根的小说会让人废寝忘食几乎是读者的共识，若说每个人都需要一本书来拯救千疮百孔的灵魂，吉根的书也许不是最好的选择，她不是“文学药剂师”，她的小说也非治愈系作品。但如果你还相信文学有改变人类生活的力量，不妨读读吉根。

一些售书网站上介绍吉根的作品时，推荐语几乎雷同：每个故事都充满着希区柯克式的悬念和欧·亨利式的意外结局，她的小说集是“当代最精致写作的短篇集之一”。我当然同意——后一句。读完吉根的所有作品，我愈加相信，一个粗糙蹩脚的推荐语对于一部作品的伤害是多么致命，它会让我们与好作品擦肩而过！我曾一度迷恋过希区柯克的电影，情节总是一波未平一波又起，你很难猜到最后的结局。众所周知，希区柯克在解释“什么是悬念”时，曾举过一个描述性例子：“假如我们在火车上聊天，桌子下面可能有枚炸弹，我们的谈话很平常，没发生什么特别的事。突然‘嘣！’爆炸了，观众们大为震惊，但爆炸之前，观众们并无紧张感，他们看到的只是一个毫无兴趣的极为平常的场面。如果是悬念，应该是，桌子下面确实有炸弹而且观众也知道，可能是观众在前面已经看到有个无政府主义者把炸弹放在了桌子下面，观众知道炸弹在一点整将要爆炸，而现在只剩十五分钟了——布景内有个时钟。那么，原先无关紧要的谈话突然一下子变得饶有兴趣，因为观众参与了这场戏。观众急于想告诉银幕上的谈话者：‘别净聊天了，桌下有炸弹，很快就要爆炸。’这样就让观众也开始动脑筋，他们也在为谈话者的生命安全着急和担心。”

如果我们试图从概念上解释，那么悬念本质上是一种期待和关切的紧张心情，它要求接受客体的参与和想象。一旦悬念解除，故事也就完美落幕。

希区柯克的代表作《蝴蝶梦》，开篇即设悬念，被焚毁后的曼陀丽庄园阴森萧瑟，它经历了怎样的变故？故事以女主角的回忆缓缓切入：在法国南部海滨，一名富婆的年轻侍女爱上了古怪忧郁的富豪庄园主德温特，对德温特并无了解的女主角随男主角来到位于英国的曼陀丽庄园生活，严厉的管家丹弗斯夫人毫不掩饰对新夫人的厌恶以及对旧夫人的崇拜，偌大的庄园到处是已故的丽贝卡的影子，新夫人尝试适应新环境的努力一次次碰壁。紧闭的西边厢房，神秘的顶楼人像，奇怪的海滨小屋与小屋中的怪人，突然到来的丽贝卡表哥……庄园里似乎藏着无尽的秘密。而更令新夫人痛苦的是丈夫仿佛永远只爱丽贝卡一人，直到装有丽贝卡尸体的沉船被发现，情节急速逆转，一环扣一环，凶手似乎已成定论，但其实真相悬而未决。

希区柯克就是有办法吊着观众的胃口，情节在走钢丝，观众在捏着一把汗。《眩晕》是希区柯克成功运用悬念的又一部经典电影。在原著中，故事的谜团直到最后才解开，而希区柯克有着把原著中的神秘部分轻易转化为悬念的惊人能力，在这部影片里，希区柯克又一次向我们诠释了什么叫作悬念。男主角受朋友之托，跟踪朋友有自杀倾向的妻子玛德琳，并在她跳水自杀时及时相救，二人在跟踪与被跟踪的过程中互生爱慕，但玛德琳还是在男主角的眼皮底下爬上钟楼坠落而“死”。男主角痛苦难捱，直到“遇见”了酷似玛德琳的朱迪，并尽力让朱迪模仿玛德琳以获得思念心理的满足，而在希区柯克的暗示下，提前知晓朱迪就是玛德琳的观众却一直在焦虑揣测：朱迪伪装成玛德琳目的何在？男主角何时才会发现真相？知道了真相会如何？故事最终会怎样结束？

悬念的重要特征，用英国戏剧理论家威廉·阿契尔的话说，就是“预示出一种十分吸引人的事态，却不把它预叙出来”。吉根的小说总体上并不刻意设置悬念，通常在故事开始前，冲突就已经存在。吉根只是按部就班地把它写出来，她不故弄玄虚，更不设置阅读障碍，她甚至极少采用除了顺叙之外的其他叙述手法。而读她小说的读者也并不会因揣测情节焦灼起来，如同走在曲折幽暗的小巷，虽陌生迷惑但不会慌张恐惧。而看希区柯克的电影，观众宛若走入万木丛生的密林，看似道路千条，实则容易误入迷途而难返。吉根曾在访谈中说：“我把故事设置在一个自己很感兴趣的情景里，然后用语言探索它的可能性。我写一个故事的开场通常是一个意向或者一段对话，我知道这之后隐藏着更深的含义。我会写很多段落，直到我找到一段配得上这个场景的。”她更在意的是人们如何对待正在发生的事情，他们心理的微妙变化，“探索人与人之间的沉默、孤独以及爱”。虽然生活有热烈如火的蓬勃，她却只写灰烬中的那一点余光。吉根擅长从生活打碎的镜子中寻找到那映照出人心的一面，并借助它锐利的碎片直刺进生活和人心的内核。

吉根不是一个写作快手，自1999年出版第一本短篇集《南极》，直到2007年才出版了第二部短篇小说集《走在蓝色的田野上》，并获得边山短篇小说奖。2010年终于出了第三部小说集《寄养》。她偏爱写人生中的残酷与苦难。她告诉记者：“我不会说我对生命悲观，我描述的只是现实。几乎每个人的生命都在受苦，无处可逃。生活是艰辛的。”美国作家理查德·福特将《走在蓝色的田野上》选为他个人的年度好书。尽管吉根喜欢契诃夫、狄更斯的短篇，甚至深受契诃夫的影响，也喜欢博尔赫斯、加西亚·马尔克斯、菲茨杰拉德、哈代、简·奥斯汀、托尼·莫里森的早期作品，但她说：“我不想跟谁的名字放在一起，我只想成为自己。一些作家我很欣赏，但我不想模仿，如果什么东西是好的，它应该是令人印象深刻的，独特的。关于写作的一件事是，别人并不能写你想写的故事。”她是一个叙述上的极简主义者，不同的只是她的语言具有无限的延拓性，包含无尽的未言之意。硬把她的作品与悬念大师希区柯克或阿加莎·克里斯蒂扯在一起显然是对吉根作品不负责任的解读。

现在我想说的是“想象”。希区柯克电影中的“想象”无处不在，如《蝴蝶梦》中丽贝卡是否真的是集教养、才识、美貌于一身的完美女人？德温特是否真的爱丽贝卡？丽贝卡到底有没有怀孕？怀的是谁的孩子？丽贝卡是自杀还是他杀？是误杀还是谋杀？观众始终置身于雾里云里，在刺激、跌宕、惊险的情节中发挥最大可能的想象，揣测故事下一步的走向——转折或明朗，及至结尾真相浮现，观众如释重负，想象力也戛然而止。电影大师控制着引人入胜的环节，在观众的叹息、犹疑、不满或痛快、舒畅、豁然开朗中像一个辩论赛中把对手辩倒的辩手那样获得了智性上的满足。英国侦探小说家阿加莎·克里斯蒂是个同样娴熟运用悬念艺术的小说家。《东方快车谋杀案》开篇即是一个美国人死在了豪华的东方快车包厢里，他被刺了十二刀，可他包厢的门却是反锁着的。侦探波洛无意中听到了两位旅客阿布斯诺上校与玛丽·德本汉小姐之间的三次对话，对话产生的有悖常理的信息立即引起了读者的强烈质疑，故事开端即笼罩着扑朔迷离的悬念。之后波洛在质询快车上的“嫌疑人”时悬念层层叠加，隐含的信息牢牢抓住读者的思维，强化了读者的阅读兴趣和阅读期待，只要未到结局，无论好的坏的，都是过程中的偶然事件。犹如剥茧抽丝的悬念设置，目的在于凝聚吸引力，让受众被悬念俘虏，急切地想获知真相。故而，悬念大师希区柯克不吝惜胶片，悬念小说家克里斯蒂不吝惜笔墨，环境的渲染烘托，人物神态尤其是眼神的细腻刻画，模糊而异常的语言陷阱，共同达到出人意料的艺术效果，人物形象经过精心的情节设计和观众的揣测显得更加生动完美。毫无疑问，悬念使得情节更复杂多维，人物更饱满立体，并且，悬念要达到的最重要的效果之一就是让你“想不到”。

吉根的故事恰恰是有可能成为一个可以无限拉长的长篇的瘦身版。说得通俗点，每个故事都像一块压缩饼干，蕴含着可以发酵的能量。我指的当然不是读者可以通过合理想象延展的故事尾声，而是从词语和句子本身所具有的余韵而言。她并不想让读者认为她在讲故事，读者也并不认为她在虚构故事，她也不玩弄“使结构充满风险并且也给结构带来光彩”（罗兰·巴特语）的一种结构游戏，让读者在阅读中感到紧张或恐惧并不是她的风格，尽管桑塔格说过，好的作品是会让人紧张的（这判断显然有一定的局限性）。

她所写的正是普通的爱尔兰乡村人家，普通的父子、母女、兄弟姐妹、朋友邻里之间的平常情感。她的主角就是她身边的普通人，大部分是普通的爱尔兰乡村农民。克莱尔·吉根只是将日常生活中内敛、隐性的情感一针见血地写出来，表达精致、准确、冷静、克制、从容，对人性的深刻充满同情、理解。她的选材不是随机的、偶然的，而是她犀利观察后精准的筛选。而这种观察的犀利一般作家并不具备。吉根曾说她对短篇小说更感兴趣，她是继爱丽丝·门罗之后极少见的只靠两部短篇作品集就跻身世界一流短篇小说家之列的作家。她认为，短篇小说很紧凑，你必须把大多数可说可不说的话删掉，这是一种减法原则。就如聊天，似乎说得很多，其实真正说的内容很少。短篇小说更有张力，世界上大多数长篇小说都太长了。她“很有兴趣描写生活中的一些关键时刻，这些关键时刻应当以某种激烈的方式来描写”。这种激烈的方式并非一定是引人入胜的矛盾冲突。一个适合的场景，一段耐人寻味的细节，几句看似平常的对话，往往揭示出她要表达的那些残酷的真相。吉根总是反复地掂量、斟酌、摆放每一个场景，每一处细节，甚至每一个句子和词语，直至安稳，成为故事不可缺少的一个部分。故此，吉根小说中那些难以预料的情节，那些转瞬即逝的短命情感，需要读者有非同一般的神经和与作者一样敏锐的直觉才能捕捉到，这与希区柯克电影中观众必以活跃的想象力身临其境和阿加莎·克里斯蒂小说中读者强烈的断案参与感有着显而易见的区别。

《走在蓝色的田野上》的第一篇故事叫作《离别的礼物》，女孩被母亲打发去父亲房间陪父亲睡觉，大概一个月一次，总是在哥哥尤金出去的时候。“此刻，你站在楼梯平台上，努力回忆幸福的感觉，一个美好的日子，一个夜晚，一句友善的话。应该寻找某种快乐的东西，让分离变得艰难，可是脑子里什么也没有。你想起的是长毛猎犬生崽子时的情景。大约就在那个时候，母亲开始打发你去父亲的房间。在水房里，母亲对着半桶水，把袋子摁到水底，直到呜咽的声音停止，袋子变得一动不动。那天她淹死了小狗崽，她转过头来看着你，笑了。”一个普通爱尔兰农妇复杂隐蔽的内心世界中最阴暗的角落就这样在吉根的笔下血淋淋地裸露出来，你很难定义这个农妇的善恶，每个人都有自己的苦衷。令人难以置信的残酷情节就这样波澜不惊地铺开，不需要读者紧张地揣度想象，不需要借助悬念或其他任何叙述技巧便已将残酷而真实的世界击碎在读者面前。是的，作为读者，读吉根的小说，不能囫囵吞枣，你必须读得慢一点，再慢一点。如契诃夫所说，如果故事中出现了一支枪，那它一定要发射。细节看上去仿佛很随意，但其实它会直接影响故事的发展，就如《南极》中出现的那只猫，开始只是一只猫而已，后来却变成了一个危险的信号。

说到结尾，希区柯克或克里斯蒂故事想象力结束的地方正是吉根故事想象力最丰富之处。希区柯克或克里斯蒂的结尾总会使观众恍然大悟，哦，原来如此。这也是悬念大师们希望得到的最受鼓舞的肯定，不到最后一分钟，悬念大师们不会打开所有的灯光。吉根的故事结尾则看似波澜不惊，不疾不徐，实则余韵绕梁。前面提到契诃夫是吉根最喜欢的短篇小说家之一，契诃夫也是对吉根影响最大的小说家。如果说吉根小说的结尾受到了契诃夫结尾和欧·亨利意外式结尾的启发，我不否认，毕竟契诃夫、欧·亨利都是具有世界影响力的作家。但轻率滥用固定式结尾来定义吉根的小说则未免轻浮。那些通过过滤网筛选出来真正热爱吉根异色之作的读者是不会把吉根与契诃夫或欧·亨利相提并论的。换言之，痴迷欧·亨利式结尾的读者可以绕道而行了。吉根小说的结尾是独树一帜的吉根式结尾。

简单比较一下契诃夫小说和吉根小说的结尾，自会一目了然。“切尔维亚科夫感到肚子里什么东西碎了。什么也看不见，什么也听不着，他一步一步退到门口。他来到街上，步履艰难地走着……他懵懵懂懂地回到家里，没脱制服，就倒在长沙发上，后来就……死了。”这是我们熟悉的《小公务员之死》的结尾，叙述语言像小公务员的死亡一样简洁利落，只写结果，不表心境。讽刺意味大于余味。同是悲剧结局，我们看吉根的《南极》结尾：“……她能在黑暗中看见自己的呼吸，感到寒冷正慢慢笼罩住她的头部。寒冷开始降落在她身上，一轮寒冷的太阳缓缓升起，正把东方照得发白。那是她的想象吗？还是窗外正在下雪？她看着床头柜上的钟，钟上不断变换的红色数字。猫看着她，黑色的眼睛像两粒苹果籽。她想到了南极、雪和冰，还有探险者的尸体。然后她想到了地狱，想到了永恒。”吉根对女主角彼时的心境做了细致又蕴藉的描述，每个词语都勾连着可拓延的情节，比如有关猫和地狱的反刍式思考。读者的想象与回溯和女主角所受的死亡前的煎熬一样长。在冷冽的多雪之境，不由令人反复想起以色列最著名的诗人耶胡达·阿米亥的《战场上的雨》：“雨落在我的友人的脸上 / 落在我活着的友人的脸上 / 那些用毯子遮头的人 / 雨也落在我死去的友人的脸上 / 那些身上不遮一物的人。”这些落在死者和生者身上的雨，也曾落在阿根廷作家博尔赫斯的思绪里：“此刻正有细雨在落下 / 或曾经落下 / 下雨 / 无疑是在过去发生的一件事。”（《雨》）冰冷的雨与雪，都会使悲伤漫延倾圮。而这倾圮，又带着无言的悲剧之美，遥照了乔伊斯《死者》结尾处降下的那场明亮而寒冷的大雪：“整个爱尔兰都在下雪。它落在阴郁的中部平原的每一片土地上，落在光秃秃的小山上，轻轻地落进艾伦沼泽，再往西，又轻轻地落在香农河黑沉沉的、奔腾澎湃的浪潮中。它也落在山坡上安葬着迈克尔·富里的孤独的教堂墓地的每一块泥土上。它纷纷飘落，厚厚积压在歪歪斜斜的十字架和墓石上，落在一扇扇小墓门的尖顶上，落在荒芜的荆棘丛中。他的灵魂缓缓地昏睡了，当他听着雪花微微地穿过宇宙在飘落，微微地，如同他们最终的结局那样，飘落到所有的生者和死者身上。”像带着私人标签的抒情诗，《南极》结尾的抒情性大于叙事性，这也是吉根很多小说结尾的共性特征。

“那群人就对着赫留金哈哈大笑。‘我早晚要收拾你！’奥楚蔑洛夫威胁他说，然后把身上的大衣裹一裹紧，继续在市集的广场上巡视。”这段是契诃夫短篇《变色龙》的结尾，故事仅到奥楚蔑洛夫威胁银匠结束，他是否收拾了银匠我们不得而知，也不迫切想知道。思维到此而已，既不诗意，余味也寡淡。

“三个人就这样坐在那儿等着：科迪莉亚，医生，他的妻子，三个人都在等，等一个人离开。”爱比破碎的梦还要冰冷。吉根《爱在高高的草丛》的结尾是吉根小说中给我留下最深刻印象的结尾。撇开整篇单看这几句话也许会觉得平淡无奇，但就是这么奇怪，普通的句子在吉根小说的结尾就成为一首诗，未分行的诗。没错，是开放式的结尾，也是如契诃夫一样的简单叙事，可是你知道它就是与众不同，它有自己的文化血液，它是小径分叉的另一个花园，是大相径庭的另一片天空，是对一种情感状态细腻而强烈的抒情，它所绽放的几何美和静态美真是妙不可言，它刷新了我们对小说结尾强大的美学惯性的认知，故事虽已落幕，我们却放不下这个故事，内心仍五味杂陈，似乎仍与三个人一起在等待，等一个人离开。

《护照汤》里的男人饱尝失去女儿的内疚，又要忍受妻子迁怒于他的折磨。痛苦让包含痛苦在内的一切变得缓慢，当痛苦加速达到沸点的时候，故事结束：“这是一个开始。这比什么都没有要好。”这两句几近哲理的小结，像一股长绳，丢在了落入深渊里的绝望的男主角身边。痛苦是否会离开，什么时候离开？当痛苦加速的时候，也许就是它离开的时候了。

《走在蓝色的田野上》的部分故事延续了《南极》余韵悠长的诗性结尾方式。《离别的礼物》借叙述抒情：“你忍着，直到打开并关上另一扇门，把自己安全地锁在小隔间里，你才哭了出来。”逃离了贫穷、令人恐惧的家庭氛围的小女孩，摆脱了固有的困境，却不知最终要走向哪里。未知的漂泊、孤独、迷惘与眼泪一同倾泻而出。一个故事结束了，另一个故事刚刚开始，结尾提供了另一个向度与可能。《黑马》的结尾以想象抒情：“睡意袭来时，她已经在这儿了，苍白的手放在他胸口上，她的那匹黑马又在他的田里吃草了。”贫穷、鄙陋、懒散又鲁莽的短工因粗暴气走了温柔的女友，期盼已久的宽恕并未到来，他在凄凉的夜里孤独地怀念着生活中曾有过的那一点暖意。“日暮酒醒人已远，满天风雨下西楼。”尾声顾左右而言他，不言愁而神已伤，思念连梦境也不放过。

至于我们熟悉的欧·亨利式结尾，王安忆在《短篇小说的物理》一文中有过精辟的论述：“他的故事都是圆满的，似乎太过圆满，也就是太过负责任，不会让人的期望有落空，满足是满足，终究缺乏回味。这就是美国人，新大陆的移民，根基有些浅……还有些集市上杂耍人的心气，要将手艺活练好了，暗藏机巧，不露破绽。好比俗话所说：戏法人人会变，各有巧妙不同。欧·亨利的戏法是甜美的伤感的变法……围坐火盆边上的听客都会掉几滴眼泪，发几声叹息，难得有他这颗善心和聪明。”《麦琪的礼物》里，贫贱夫妻百事哀，唯一值得骄傲的是女人拥有一头瀑布般的金发，男人继承了祖上珍贵的没有表链的金表。而为了给对方送圣诞礼物，女人卖掉了金发买了表链，男人卖掉了金表买了梳子。《最后的常春藤叶子》中生命垂危的青年画家只能看到病床外日渐凋落的常春藤叶子，丧失了生命勇气的她认为最后一片叶子落下就象征她生命的陨落。知晓此情的老画家贝尔曼在最后一片叶子落下的风雨之夜爬上墙画了一片叶子。《二十年后》的结尾以一张便条揭示原委：“鲍勃：刚才我准时赶到了我们的约会地点。当你划着火柴点烟时，我发现你正是那个芝加哥警方所通缉的人。不知怎么的，我不忍自己亲自逮捕你，只得找了个便衣警察来做这件事。”《女巫的面包》里面包店的老板娘对常来买陈面包的艺术家产生了好感，自作聪明地在陈面包里加了黄油，结果却毁了画家辛苦几个月画好的准备参赛的建筑图样。欧·亨利总会在结尾处给还没有思想准备的读者心理上猛然一击，读者总会在心里惊呼一声，“好巧啊！”或者“好意外啊！”就像在英国中产阶级那些读书人扎堆的地方，每次只要出现什么巧合，旁边就会有人议论说：“这就像安东尼·鲍威尔的风格。”

但吉根并不想创造一种出人意料的震撼式结尾的风格。拨云见日、柳暗花明、曲径通幽或者瞬间的逆转、错愕而困惑、醍醐灌顶……这类适合欧·亨利式的词语一点也不适合吉根。诚如吉根自己所说：“我并不想让读者惊讶。我愿意认为我的故事的发展是不可避免的，即便有时候让人感觉突然，但它是必然的，顺着主人公的情感逻辑发展的。如果读者觉得结尾突然，他们一定犯了一些错误，漏掉了一些信息。”吉根的有些小说甚至像谜语，它需要阅读者运用阅读的智慧，比如《跳舞课》《烧伤》《水最深的地方》，谜底需要读者自己去领悟去诠释。从这个意义上说，她的小说更接近“短篇小说”的概念。

吉根的小说立意追求新颖但不以奇特为目的，情节张弛有致而不以跌宕起伏为媒介，结尾余韵悠然又不凭借出乎意料为桥梁。一言以蔽之，吉根就像一个化妆高手达到了最高境界——“妆成有却无”。

灰烬里的光亮灼伤野蛮的焰火

2010年，克莱尔·吉根的小说《寄养》获得戴维·伯恩爱尔兰写作奖时，美国著名作家理查德·福特在颁奖词中赞扬吉根“对词语的直觉令人毛骨悚然。她对生命的重要过程和结局持有耐心的关注”。词语尚属表象，归根结底，吉根对转瞬即逝的隐秘情感的洞察非用“毛骨悚然”不能形容，那些没有解药的沉默、孤独与爱，被她冰锥似的笔刺穿血液汩汩流淌出来，触目惊心。

“吉根用简洁的词语写出简洁的句子，然后组合在一起绵延出简洁的场景。”如果单凭村上春树的此类评价，你可能连翻动书页的愿望都不会有。没有温度和内涵的句子再简洁也索然无味。读吉根后你却会惊奇地发现，她的作品绝不是那种伪抒情的、诚挚得令人颤抖的文学。“我认为短篇小说可以很好地探索人与人之间的沉默、孤独以及爱”，《寄养》就是对吉根这句话的完整诠释。

当然，无论是任何伟大人物的任何精妙评论，无论是再多引文再多内容介绍，都无法给予吉根小说以公正的对待，公正对待它的最正确方式就是去读它。如果你不想漏掉那些可以敲开生活外壳一窥内核的微小可能性，那么我只能发出一个再简单不过的请求：读吉根！读吉根！

“如果你想要写出好的小说，你就要等待这一刻的出现。其实你知道你可以强迫它出现，但如果你过于用力，你就得不到你想要写的那一个故事或者说你想要的那个感觉。你的故事或许就会沦于庸俗之中。对于我来说，我一直在尝试去找到一种清新的语言去描述我们每天的生活的意义。一部好的小说，其实是我们感情的一部分，是有关转瞬即逝的情感，是感动人心的。不好的小说只有单调的陈述。”吉根的这种“顿悟”的获得不仅仅源于她静得下心来写得很慢，足够耐心，足够淡定，更源于她对素材的熟悉度和敏感度。吉根所说的“一种清新的语言”并非说她擅长使用自创的新鲜生造词，肤浅地以阅读上的陌生化来吸引读者。恰恰相反，吉根总是试图用最常见的语言表达出更多层次不落窠臼的新意。

也许只有身为女人，才能更有力地写出那些丑陋的秘密。与加拿大女作家爱丽丝·门罗一样，吉根也喜欢用乡下女孩做故事的主角。门罗是凭借短篇小说蜚声世界文坛的女作家，她故事中的女孩常通过某种途径或某个决绝的利己行为，早早逃离穷乡僻壤，之后或许有令人艳羡的工作，但婚姻大多并不如意。门罗小说中的女孩大多颇有个性，远非无辜。吉根小说中的女孩性格大多柔弱，有些忍气吞声，但足够敏感聪明。比如《离别的礼物》中的女孩，被母亲亲手送给父亲猥亵，只能无奈忍受。“有时候他给你一支香烟，你可以躺在他身边抽烟，假装你是别的什么人。完事后，你走进浴室清洗，对自己说这不算什么，希望水是烫的。”看似漫不经心，却写尽隐而不发的伤痛。再烫的水也温暖不了一颗被寒冷浸透的心，人性的黑暗与不确定性令人瞠目。长大之后终于有机会离开家庭，尽管前途未卜，父母又没有给她一分钱，她还是毫不犹豫地离开。

《寄养》也是以小女孩的视角展开。“如果我要想象一个孩子被打的感受，只有把自己变成那个孩子。所有的细节都是来自生活，再离奇的想象，也要回到生活中，从中产生细节。”（克莱尔·吉根语）因为久旱庄稼歉收、子女众多或是别的什么原因，小女孩被送到“陌生人”家里寄养，她不同于门罗故事中的那些女孩，她不任性、没脾气，心里的恐惧难过外现出来却是逆来顺受、沉默坚强。父亲把她送到了陌生人家的院子，披头散发的她从后座往外瞧，“而父亲，在车轮边上，看上去就像是我的父亲”，一句话，点到即止，吉根用毫无新意的词语组合出了令人吃惊的新视界。简单的几个句子描摹出如绘画和摄影般清晰鲜活的画面，一下子切入到小女孩内心的隐秘处。如此信任读者、尊重读者的小说家并不多见。

好语言就像幸福的童年。我常常会回忆被誉为“作家们的作

家”的博尔赫斯小说中那些精彩的句子。《汤姆·卡斯特罗：一桩令人难以置信的骗局》中蒂克波尼夫人在巴黎一家旅馆收到汤姆·卡斯特罗（他假冒她在沉船中遇难的儿子）的信。骗子提到了两个确凿的证据：他左奶头旁的两颗痣和童年时发生的那件他永远也忘怀不了的不幸往事——他遭到了一群蜜蜂的围攻（证据当然是虚构的，这场骗局的导演波格雷认为突出事物之间的某些不可避免的差异反倒能求得它们之间的相似）。极度悲伤和孤独的蒂克波尼夫人“在短短的几天时间里便记起了她儿子请她回忆的那些往事”。时隔多年，我仍能清晰地记起初读这句话时的震撼、感动与手足无措。没错，手足无措。读到好句子时的快感真会让人一刹那间无所适从。读博尔赫斯的小说我常会情不自禁地从椅子上站起来，围着桌子走几圈，又下意识坐下，仿佛这样做就能把那些好句子完全融入血液里似的。读吉根的小说也是如此。

“真正的艺术作品是那种点到为止的，一个艺术家的整体经验和他的想法、人生之间，有着某种关联，而作品正是这种经验的反映。如果艺术作品把整个经验都讲出来，还包上一层文艺的流苏，那么此一关联就是恶劣的。”（《加缪手记》）用鲁迅的话说就是“去粉饰，勿卖弄”。吉根的作品不是超载文学，她那些不言而喻的经验沃土般隐藏在地下，暗示着它茂盛的内容。她只从整个经验中切削一小块，使她的每篇作品都像钻石的一个切面，可以无穷扩散内蕴的光芒。

“她刚要帮我挂一幅窗帘，又停住了。”“你怕黑吗？”养母的善良和关爱，都体现在敞开心扉接纳的细节，体现在每一个词语深刻而包容的胸怀里。“我想说我怕黑，但我更怕把这句话说出来。”被送到陌生人家里，对任何一个孩子来说都是噩梦。对于还没有足够的力量抵抗现实的小孩子来说，对未知除了恐惧还是恐惧。小女孩抵御恐惧的方法是伪装坚强，深藏软弱。穷人的孩子早当家，她处事小心，驯顺敏感，无师自通地懂得了察言观色，而这些隐含信息，吉根用一句话就淋漓尽致地传递给了读者。幸运的是女孩遇到了金斯莱夫妇。经历过丧子之痛的金斯莱言辞恳切：“虽然我没有孩子，但这并不意味着我就想看着雨滴在别人家孩子的脑袋上。”

爱尔兰著名作家约瑟夫·奥康纳说，吉根的“词汇和图像在游动”。我觉得“游动”一词又形象又准确。吉根小说中的词语和图像是热烈而活跃的，像游鱼一样牵动你的思维，左右你的视线，成为那些秘而不宣的隐晦欲望与私密情感的外化与折射，不动声色地传递出时代和个体的焦虑，折射出穿透人心的永恒观照。

朝夕相处中，尽管他们让女孩穿儿子穿过的衣服，做与儿子共同做过的事，她终究是不同于儿子的另一个孩子，他们真心接纳了她，意识到这一点的夫妻二人决定带着女孩去镇里，给她买属于她自己的衣服。“女人仍然伸着手从漏勺里拣醋栗，但动作一次比一次慢。有一刻我觉得她会停下来了，但她继续着，直到全部拣完。”“金斯莱的目光也不平静，似乎某种巨大的麻烦正在他的内心深处张牙舞爪，他用脚尖踢着椅子腿……”金斯莱夫妇的犹疑、纠结、痛苦、释然等情感的变化在吉根敏锐的直觉下纤毫毕露，精挑细选的词语有力地表现了金斯莱夫妇的复杂心理。小女孩的到来，最终变成了一场救赎，以缅怀逝去儿子为开端的收养，最终却使金斯莱夫妇有了告别过去的勇气，走出了致命的悲伤。孩子是最容易感知到爱的天使，小女孩在新家感受到了从未有过的温暖与关爱，但最后那一个拥抱，那一声“爸爸”却带着无尽的辛酸，女孩未来会拥有幸福的生活吗？吉根只敲开了生活的外壳，答案却需要女孩用长长的一生来回答。

这只是吉根众多小说里的一篇。她的短篇集《南极》和《走在蓝色的田野上》有很多篇故事比这一篇更好看——更残酷，比如《南极》《护照汤》；更深刻，比如《姐妹》《烧伤》；更智慧，比如《跳舞课》《水最深的地方》。不过，还是先读读《寄养》吧，如果收养小女孩的人家不善良，她遇到的不是金斯莱夫妇，结果会如何呢？再好的小说也无法拯救世界，甚至无法拯救一个国家，一个家庭，却很有希望拯救一个人的灵魂。吉根的小说虽然未必能拯救灵魂，但至少让我们有勇气正视灵魂中的暗影，正视那些羞于见人、耻于开口的秘密。

加缪说，人生想要过得更快乐，就必须尽量去见证其中的悲剧。真正具有悲剧性的艺术作品，应该都是幸福的人创作出来的。吉根恰巧是这“应该”中的一个，她是一个幸运儿。

吉根生于爱尔兰东部海岸上的威克洛郡一个信奉天主教的家庭。她是家中最小的孩子。她的童年是在威克洛的一个农场度过的。她熟悉农场里的每一件工具，她观察乡间的云、牛、马和鸭子，在乡间瞎逛，她还有匹小马，“我叫它花斑马，棕色与白色混合，我没马鞍，它很棒，夏天我常骑着它跑”。唯一不同于乡间女孩的是，她很小就学会了阅读，“我还记得自己是怎样学会读书的，就像学会自行车的时候一样感觉很自由。你会意识到自己可以去任何地方，有了开始就不会结束，你随时可以上路。所以，学会读书就有了自由”。十七岁时，自由的吉根离开家乡赴美求学。沉潜于深沉而诡异的美国南方文学的吉根受到了威廉·福克纳、弗兰纳里·奥康纳、尤朵拉·韦尔蒂等文学先师的深刻影响，但吉根并不喜欢都市的喧嚣。1992 年，克莱尔回到爱尔兰，相继在威尔士加迪夫大学和都柏林三一学院攻读创意写作硕士课程并于 1994 年尝试创作小说。初学写作的吉根很快发现了自己超凡的写作天赋，随即开始参加全国性的写作比赛，作品相继获得了两个爱尔兰短篇小说奖——弗朗西斯·麦克马努斯奖和威廉·特雷弗奖。在弗朗西斯·麦克马努斯奖的颁奖仪式上，她认识了爱尔兰有影响的作家、编辑戴维·马库斯。马库斯对吉根颇为欣赏，他把吉根的小说寄给了伦敦的书商。1999 年，吉根的第一部小说集《南极》顺利出版。第二年，她便获得了爱尔兰隆尼文学奖以及《洛杉矶时报》年度图书奖。

吉根获得戴维·伯恩爱尔兰写作奖的过程更为幸运，她在截稿当日才想起寄稿子，而当天雪下得很大，大到吉根根本没有办法开车去邮局，她只能徒步穿过积雪覆盖的田野，把稿件投进了邮箱。好在邮递员并未因糟糕的天气耽误工作，吉根也获了奖。她自豪地表示，她估计自己是整个爱尔兰唯一一个能靠写作养活自己的短篇小说家。

吉根常住在乡间放满了书的小房子里，窗边放一张小桌子，“我喜欢喂鸟，喜欢写作的时候知道它们在外面，我在窗台下面放了喂鸟的容器”。

自由的鸟儿会带来新鲜的空气、灵动的喜悦以及未知的感动。吉根尝试带给读者新的视界、新的阅读可能和阅读快感。阅读吉根的作品鲜有断代感和国别感，反会有恍若他乡是故乡、恍若他人是故人的强烈同化感。她的笔刺入到人心深处，探测到人类共通情感永恒的特质并确立一种真正自我的原创表达，那就是简单呈现，而这其实并不简单。她不负责修复心灵黑洞，她的词汇与图像具有的张力就在词汇和图像表面，以至我们谈论“隐喻”之类的修辞都显得多余。

我们不妨再谈谈吉根的其他短篇。“他（爸爸）用锄头挑了一条响尾蛇，把蛇扔进狗屋里，再次锁上了门。……他把我丢在那儿很长时间。天色漆黑，蛇的尾巴在响。那天晚上，妈妈快到八点才回来，我在狗屋里从中午一直待到晚上。”《千万小心》中，男主角惧怕水蛇，宁可与杀妻犯同处一舟也不敢跳水逃走，这源于小时候父亲惩罚他留下的阴影。父母作为孩子最初的老师，不恰当的教育方式甚至也会影响孩子一生的走向。弗洛伊德说：“我想不出比获得父亲的保护更强烈的儿童需要。”反之，失去父亲保护的儿童心理上的创伤是难以愈合的。正如西谚所说："通往地狱的道路，往往是善意的石头铺成的。"吉根没用一个词描写这个孩子的恐惧，但恐惧从每个字的缝隙里冒出来，比蛇还冷。

"阿拉伯的大地是忧伤的，她的忧伤是语言额头的皱纹。"叙利亚诗人阿多尼斯的这句诗可以作为吉根小说语言特点的一个注解。爱尔兰的大地也有无尽的忧伤，吉根"语言额头"的皱纹正是忧伤。吉根不给她作品中的人物情感下定义，你很难在她的作品中找到诸如"痛苦""绝望""嫉妒""愤怒"之类直抒胸臆的词语，但忧伤无处不在，她的担忧无孔不入，如空气一般弥漫在小说的每一个空隙里。

我们都是受困于时代的"囚鸟"——既渴望逃离，又踟蹰不前。"他不能回房子里去。家里好像塞满了东西，又好像空荡荡。"（《燃烧的棕榈》）失去母亲的男孩心里塞满了内疚又好像被悔恨挖空。吉根的语言不是那种闪电般耀眼的刹那光华，而是湖水般内敛的平静深邃。"她打开箱子，把衣服一件件拿出来，让贝蒂欣赏……她拧开一瓶美国香水的盖子让贝蒂闻，但并没有在她手腕上洒一些让她试用。"（《姐妹》）妹妹的自私虚荣、不知感恩引爆了姐姐的屈辱、嫉妒和愤怒，冰凉的剪刀剪掉了妹妹的一头金发，剪掉了姐妹情谊，也使读者的脖子感到了刺骨凉意。田园牧歌式温馨的画面背后是茂密生长的荒草废木。吉根看懂了人性深处的迷宫，现实有时候比小说更残酷，小说尚能遵循一定的逻辑，现实有时候并不讲逻辑，世界也从来不是一元化的世界。吉根从不对她小说里的人物进行粗暴评判，她只客观呈现简单表象背后的可能性。她的呈现有血脉、有温度、有理解、有体恤、有悲悯，她不屑做那些向外张望的做梦的小说家，她要做一个向内审视的清醒的敲钟人。

瑞士心理学家、分析心理学首创人卡尔·荣格在他的名著《红书》的自序《来者之路》中说："人类就像植物那样生长，有些在明，有些在暗。有很多依赖的是黑暗，而不是光明。上帝的形象有阴影，阴影如它本身那样大。"曾支持荣格创办国际精神分析协会后与荣格决裂的精神分析学派创始人弗洛伊德下过一个更极端的定义：人类世界就是一个悲剧。

《走在蓝色的田野上》是吉根劈开的另一道暗影。天主的旨意在神父身上承行，主耶稣拣选了神父而不是神父拣选了主耶稣，神父觉得道路豁然敞开。在神职和恋人之间，神父选择了前者。信仰带给他的安全感超过了世俗之爱。"他们曾经站在一个人工湖的边缘，一条粗糙的木船在水中半隐半现。水面漂着一层厚厚的蒲公英种子。寒冷的风吹过芦苇，发出嗞嗞的声音，然而他们沉默着，彼此都知道从此一切都会不一样。"亲手主持自己深爱的姑娘的婚礼，比忍受曾经的孤独还痛苦。处处表现自己一切正常没有烦恼的神父却像得了一场大病。所谓孤独并不是身边无人，真正的孤独是一个人无法与他人交流对其而言最要紧的感受。"神父突然就感到什么东西从他体内消退，就像海浪从岸边退去，再形成新的浪潮——一声可怕的喊叫从他嘴里迸出，是她的名字，然后就结束了。”神父需要继续前行的勇气，一个不太会说英语的中国人用按摩清理了滞留于神父体内的如火热情，那漫长的伤痛和绝望要靠什么来清理呢？宗教信仰等精神力量也许会让每一个人找到通向自身真理的道路，也许不能。

爱最深的阴影是对独处的厌倦和恐惧，是对自己的怯懦和背叛。没有枯萎的梦在远方，没有生锈的声音在远方，就像那一片幸福的海。吉根小说《在水边》中的外婆，是处于家庭中央的“缺席者”。男尊女卑的习俗创造了全部的公道，而它得以沿袭得以被接受的理由正是它已然沿袭已然被接受，这就是它权威和荒谬的基础。仅仅是挑战它，就需要巨大的勇气。“丈夫掏出了他的怀表。‘一小时，马茜。我给你一小时。’……在规定时间超过五分钟后，他砰地关上车门，点燃发动机。就在他把车开走的一刹那，她窜到路上，拦住了车子。她上了车，跟这个打算抛下她独自回家的男人生活了一辈子。……如果人生能够重来一遍，她绝不会再返回那辆汽车，她会留下来，宁可做一个在街上拉客的妓女……”一辈子拘囿于家庭的外婆，最大的理想只是看看海，而这个简单的愿望也不能被完全满足。夫权的专横跋扈、女性的忍辱负重在吉根笔下赤裸裸地袒露出来。仅仅是试着作为一个完整、独立的人生活哪怕一天也不可得，这种沉痛的独立人格的失去，给外婆造成了永久性伤害。男孩不想重蹈覆辙，不想被嫁了大款的母亲禁锢决定自己的一生。改变你命运的常常是你没有觉察到的事情，如果你觉察到了呢？“他挣扎了很长时间，把脑袋潜在水下，心想如果只是喘气时才冒头可能会轻松一些。他心头一阵紧张，慢慢地，紧张变成了一种平静。为什么对立的东西总是离得这样近？”与海浪的搏斗似乎给了他勇气。古罗马哲学家塞内加早就断言：“勇气通往天堂，怯懦通往地狱。”男孩需要帮助，掩卷的我们亦然。吉根文字中的悲观特质如额头上的皱纹无法掩盖，很多作家眼中只愿看到火，她更关注的却是灰烬以及灰烬中的那一点光亮。生活是千疮百孔的，光鲜照人的背后总有难以示人的隐疾，尽管吉根发现并一层层剥开事物的表象，让人沉思，但吉根的小说很少生发出门罗式的内省，她的思索自然地融入有条不紊的叙述中。

德国女作家妮娜·乔治写过一本治愈系小说《小小巴黎书店》，书中男主人公佩尔杜经营着一家叫“水上文学药房”的船屋书店，他自称“文学药剂师”，能辨别出每一个灵魂所欠缺的东西，再把自己视为“解药”的书卖给对方，而以书为药、相信唯有文学才能治愈人心的他却深陷隐痛。文学不是万能解药，想在吉根的书中找到现成的灵丹妙药，寻求捷径避开生活荆棘的读者可以原路返回了。人性中难免会有暗处，灰烬中也总会有光亮，正是这一点点光亮让勇敢的人跨过黑暗的河流，找到人生的方向。吉根的小说更多是给身在暗处的人开一扇门，让那些受困者凭借聪慧自己走出来。

我们读过很多患了多语症的小说，不诚实的文字僵死呆板，被动变成作者的单向传声筒，它们轻视读者的智慧，失去了跟读者交流的功能，语言应该具备的基本的“信号”功能丧失殆尽。吉根从不制造文字垃圾，她的每一个字都有必须存在的价值，她的语言不会使读者丧失阅读中思维在场的乐趣。

希望总是最后死去的东西，在黑暗中摸索并不是羞耻的事情。挣扎、紧张、平静，在平静中体认白昼和黑夜的秘密。最后，我发现读完吉根的故事用俄罗斯诗人曼德尔斯塔姆的诗句来收尾也毫无违和感：“我不愿把你称作爱 / 也不愿把你称作喜悦 / 它们对我来说已被取代 / 代之以奇异而陌生的血。”

血液里藏着隐秘的风

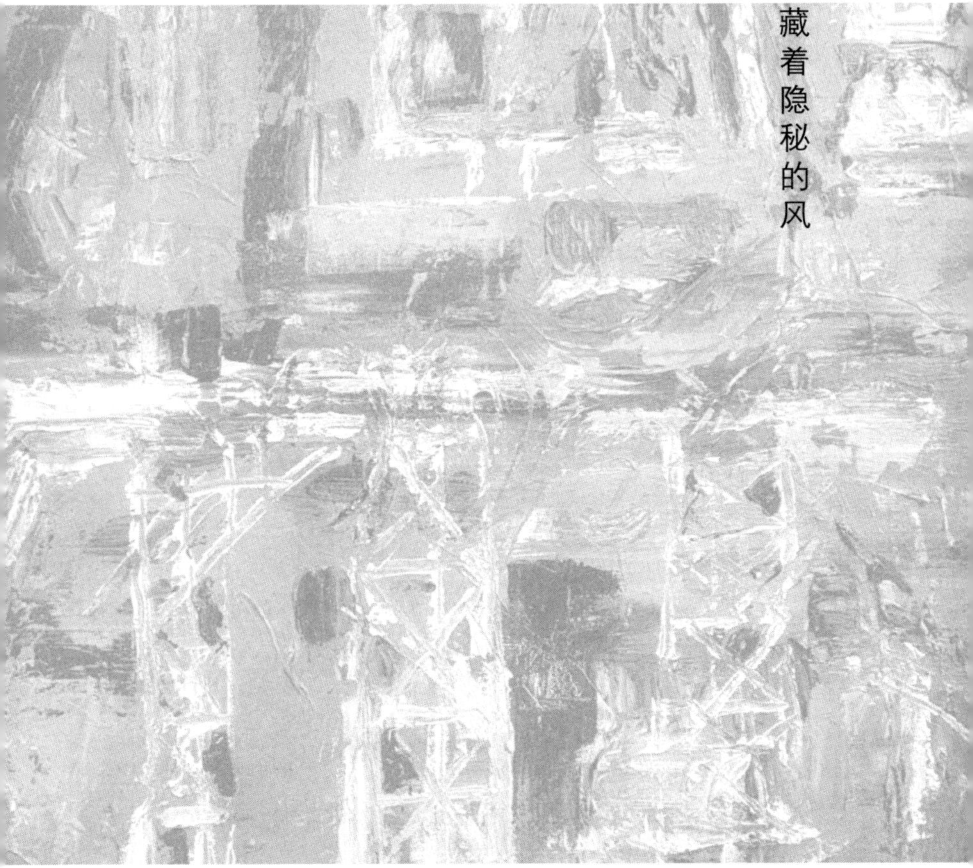

杰罗姆·大卫·塞林格是个对小说题目有强迫症的作家，也正因此，单单是他小说饶有趣味的标题，已足以让痴迷他的读者们神魂颠倒了。

抛开众所周知的《麦田里的守望者》，按照时间顺序罗列一下塞林格写过的小说题目清单实在是我甘之如饴的事情，实际上我也这么做了，但清单委实太长了，随意截取其中的一小部分便可管窥全貌:《年轻的伙伴》(1939)、《破碎故事之心》(1941.5)、《六号台上可爱的死姑娘》（1941.8）、《罗伊丝·塔基特漫长的首演》（1941）、《兑水饮料独白》（佚失）、《我与阿道夫·希特勒一同上学》(佚失)、《麦迪逊的轻度反叛》(1941，后来成为《麦田里的守望者》中的一个章节）、《赖利的无吻生活》（1941.12）、《最后与最优秀的彼得潘》（1942）、《没有海明威的男人们》（1943）、《渡海我们走，20世纪福克斯》

（1943）、《破碎的儿童》（1943）、《我疯狂》（1944）、《男性再见》（1945）、《一个没腰的女孩在1941年》（1946）、《逮香蕉鱼的最佳日子》（1948）、《戴杀人帽子的小伙子》（1949）、《德·杜米埃·史密斯的蓝色时期》（1951）……

对文字有着敬畏和热爱之心的小说家们想必更能体会塞林格在小说标题上的良苦用心。我不想重复标题是一篇文章的眼睛之类的陈词滥调，对那些曾为文章题目绞尽脑汁的写作者来说，稍可宽慰的是，写作大师们也饱受过同样的折磨。塞林格1947年为《纽约客》写了个短篇小说，起名《香蕉鱼》，多次修改内容之后，名字改成了《香蕉鱼的好日子》，1948年1月发表时，名字最终改为《逮香蕉鱼的最佳日子》。简·奥斯汀1796年完成了一部小说，题目是《第一印象》，但没有出版商愿意出版。后来她进行了巨大的改动，当然包括题目，这部作品就是《傲慢与偏见》。不可否认，原题目无论从语气上还是内蕴上都显得平淡乏味与缺少力量。F.H.伯内特《秘密花园》最初的名字是《玛丽小姐》，书名由人名（主人公）改为地名（书中人物主要活动地点）。用小说主人公做题目大概是很多作家纠结之下的无奈选择，说不上好也说不上不好。耳熟能详的比如纳博科夫的《洛丽塔》（初定名《海边的王国》），纳博科夫承认他这部作品的灵感来自塞林格《逮香蕉鱼的最佳日子》。查尔斯·狄更斯的《小杜丽》原名是《谁都没错》。狄更斯后来意识到，在一个病态的社会里，没有人是无辜的，探究个案的因果或轻易定论施害者和受害者未免肤浅，原题目显然缺乏冷静客观。如果我提到《阿蒂克斯》，恐怕有人会感到茫然，还好，哈珀·李最终放弃了这个庸常的标题而引用书中一处既有渊源（律师芬奇在一次谈起打鸟时，一再嘱咐儿女不要去伤害知更鸟，因为它们只为人类歌唱，从来不做危害人类的事情）也与他所表达的宽容、理解主旨相呼应，同时又有新鲜感的句子作小说的题目，那就是《杀死一只知更鸟》。拥有一个像样的题目不能不说是这部小说以及它的读者的幸运，也是世界文学史的幸运。列夫·托尔斯泰也曾为小说题目苦恼过，《战争与和平》最早的标题是《皆大欢喜》，原题目既与莎士比亚戏剧同名，又与作品后来添加进去的克里米亚战争和拿破仑入侵俄国的战争背景不协调，自然逃不掉被抛弃的命运。安·兰德《阿特拉斯耸耸肩》原标题为《罢工》，安·兰德执意要换题目的理由是觉得原标题对关键情节剧透太多且过于直白。毋庸置疑，剧透是命题的大忌。诸如此类为小说标题“寤寐思服”的例子不胜枚举：玛格丽特·米切尔的《飘》，曾用名《明天是新的一天》（小说的结尾句），《飘》来自于欧内斯特·道森的诗歌《辛娜拉》中的一句诗“Gone with the wind”（直译为“随风而逝”），这个题目的妙处首先是它勾连出《辛娜拉》一诗中的重章叠句：“我的心一片荒芜，以往的激情一去不复。可当我醒来，看到灰暗的黎明，辛娜拉，我一直用自己的方式忠诚地爱着你，很多往事已随风而逝……”其次诗歌表达的惆怅无奈暗合了小说流淌的部分情感因素。乔治·奥威尔创作《一九八四》时，最初起名为《最后一个欧洲人》，可他的出版商出于营销目的建议他更换书名，奥威尔同意了（与菲茨杰拉德《了不起的盖茨比》如出一辙）。至于《一九八四》这个书名的来历，说法众多，莫衷一是。我更喜欢原题目。奥威尔创作时独居在与世隔绝的英格兰侏罗岛，与他作品中的人物温斯顿一同品味孤独的滋味。“最后一个欧洲人”扑面而来的孤独之感是“一九八四”无法给予的。威廉·戈尔丁《蝇王》曾用名《内部的陌生人》，蝇王所具有的象征意义显然更含蓄蕴藉。福特《好兵》曾用名《最悲伤的故事》，这两个名字倒是各有所长。约翰·斯坦贝克《人鼠之间》曾用名《发生的事》，伊夫林·沃《故园风雨后》曾用名《信仰之家》……在最后关头，如果作家们不改变心意，我们今天看到的名著也许就少了一个让读者膜拜的理由了。

塞林格对文字（尤其是标题）的敏感和苛求履迹昭然，他锋利的写作智慧在少年时已锥处囊中。塞林格的父母在 20 世纪 30 年代美国大萧条时期逆流而上，搬入曼哈顿富人出没的上东区。住在 91 大街 1133 公园大道卡内基·希尔区漂亮公寓里的塞林格告别了此前就读的公立学校，进入麦克伯尼私立学校，痴迷写作和戏剧的塞林格成绩在班里倒数几名（除了英语，这与霍尔顿·考尔菲尔德在学校的表现不差分毫）。1934 年，未满 16 岁的塞林格被学校劝退，1936 年进入福吉谷军事学院，成了 350 名军校生中的一员。在《麦田里的守望者》里，塞林格把福吉谷写成了霍尔顿·考尔菲尔德读预科的地方。虽然塞林格对学校的权威很是反感，但学校的俱乐部和社团组织使他受益匪浅，成绩也大有进步。法语俱乐部、士兵俱乐部、航空俱乐部以及他在其中服务两年的预备役军官训练团，都为他二战中的军旅生涯做了铺垫，尽管他对此总是三缄其口（在战争中能够幸存下来难说与此经历无关）。虽然塞林格满足了学校对学员的所有要求，毕业前还被提拔为学员上校，但戏剧和文学才是他的兴趣所在。熄灯号吹过之后，塞林格借着手电光不停地写作，他被流放到福吉谷的两年，一直是学校年鉴《交叉的马刀》的编辑，年鉴的每个页码几乎都能读到他的文字——这奠定了他小说辛辣、敏锐、从容和睿智的语言风格。

此后，他又进入纽约大学和乌尔西奴斯学院就读，他为乌尔西奴斯学院的校报撰稿并开设专栏，最初他为专栏取名《一个社会大一生的默想：逃走的文凭》，不久又改名为《J.D.S 逃走的文凭》。他对题目的焦灼审慎态度初露端倪。虽然他在乌尔西奴斯学院仅读了一个学期，但他在那里找到了明确的生活方向：当一名专业作家。早在福吉谷时，塞林格一位年长的学员朋友威廉·费森把自己的姐姐伊丽莎白·默雷引荐给了塞林格，此后，他们两人成了频频见面的朋友。在格林威治村咖啡馆的漫漫长夜里，伊丽莎白与塞林格讨论文学话题，听塞林格读他的作品并提出建议。根据她的建议，塞林格开始阅读菲茨杰拉德的作品，并把菲茨杰拉德当作了仿效对象和灵魂伙伴。众所周知，菲茨杰拉德对小说题目的执念颇深，《了不起的盖茨比》最初的名字是《西卵的特里马乔》，后又改为《特里马乔》《戴金帽的盖茨比》《星条旗下》等，最后是他的出版人珀金斯帮助他一锤定音。纵观菲茨杰拉德的作品，不论是《人间天堂》《夜色温柔》《一颗像里茨饭店那么大的钻石》《飞女郎与哲学家》《本杰明的奇幻旅程》，还是《最后一个大亨》《那些忧伤的年轻人》《清晨起床号》《一梦十年》……都一目了然地彰显了他在题目上的用心。塞林格在他的良师益友惠特·伯尼特担任编辑的《小说》杂志上发表的第一篇小说《年轻的伙伴》，文风即深受菲茨杰拉德的影响，甚至他加盟麦迪逊大道上最著名的经纪公司之一哈洛德·欧伯联合公司仅仅因为它是塞林格偶像菲茨杰拉德的文学经纪公司。

1944 年 2 月到 4 月，《星期六晚邮报》（菲茨杰拉德的第一篇小说正发于此报）买下了塞林格的三部作品，是塞林格在军队服役驻扎在班布里奇时撰写的。此前，他钟情的剧作家尤金·奥尼尔的女儿乌娜投入了大她 36 岁的演员卓别林的怀抱，塞林格遭受了严重的爱情打击，高傲而坚韧的塞林格迫切需要通过写作转移精力来面对变味的同情和公开的丢脸。1944 年 1 月，刚庆祝完自己 25 岁生日并寄出了一大批稿件的塞林格收到一大批退稿信，仅《小说》杂志（为塞林格接底的杂志）就退了五次稿。在接二连三的不顺心之际，《星期六晚邮报》一次买下三件作品的消息使塞林格欣喜若狂。这三个短篇是《小兵之死》《打雷喊我》

《最后一个假期的最后一天》，同时，塞林格把他认为写得最好的严肃小说(本来他是打算写成商业小说在《星期六晚邮报》发的)投给了《纽约客》，声明小说一个字也不能改动。《纽约客》对他的要求不以为然，想要教训一下不知深浅又忘乎所以的塞林格。小说甫一送到编辑室，就被马上退了稿。1月18日，塞林格登上运兵船驶向英格兰，他将在那里完成反情报培训，然后登陆欧洲。此时，他的那几个故事陆续在《星期六晚邮报》发表，见到刊物的塞林格却大感震惊，三个作品中的两个被改了名字。2月20日发表的《打雷喊我》被改成了《双方》，4月15日发表的《小兵之死》名字变成了《伤感的中士》，塞林格极为愤怒，他觉得他又一次被杂志欺骗和利用了。1941年，《纽约客》答应刊登《麦迪逊的轻度反叛》，在塞林格通知了所有朋友后，杂志社以战争爆发的原因（竟然不是因为俯拾即是的脏话）撤稿，后又屡次通知上稿又屡次爽约（五年后才刊登）。《纽约客》首鼠两端给塞林格造成的阴影还未消除，《星期六晚邮报》的行径无异于雪上加霜，塞林格觉得《星期六晚邮报》背叛了它的忠实作者，趁他在国外，未经他同意就擅自改动他的作品。本来想借这些小说引起轰动的塞林格发现，他的小说被五颜六色的广告和电影明星照片裹挟着，期待中的数百万阅读量化为泡影。恼怒的塞林格发誓即使稿费再高也绝不再向这些“光纸杂志”（专门在花哨的广告夹缝里刊发小说的杂志的俗称。在20世纪三四十年代是发表短篇小说的重要阵地，比较有名的如《克利尔》《哈泼斯》《星期六晚邮报》）投稿。小说被改了名字，自己却无能为力，塞林格沮丧极了，他在给伯尼特的信中说：“我们还不如口袋里没有钱，还不如不出名。”

1948 年，《好管家》杂志发表了塞林格所写的维也纳寻旧的故事，塞林格投稿时用的名字是《维也纳，维也纳》，发表时却变成了《一个我所知道的女孩》。同时期，《大都会》杂志也没有征求塞林格的意见就将他的小说《唱片上的划针》改名为《忧郁的音调》发表了。塞林格不禁想起 1944 年在《星期六晚邮报》杂志那里受到的同样境遇，怒不可遏的他宣布对通俗杂志的忍耐和合作结束（实际上，他后来还有一部作品《下到小船里》发在《哈泼斯》杂志）。1951 年，《麦田里的守望者》在小布朗公司安排出版前，清样被每月一书俱乐部看中（被他们选中的小说马上就能出名），安排在夏季推出。但每月一书俱乐部的编辑们因小说的名字又与塞林格发生了矛盾，他们试图劝说塞林格修改书名，塞林格一口拒绝，并愤慨地回应说，霍尔顿·考尔菲尔德一定不希望改书名，此事不了了之。无独有偶，1974 年，《麦田里的守望者》首次在以色列发行，塞林格在与出版社签约时才吃惊地发现，出版社要将书名变成《我，纽约及所有的其他》，塞林格自然不能同意。这几次“改名”事件使塞林格终其一生对编辑和出版社印象恶劣并成为他后来过度保护隐私的一个诱因。

塞林格年轻时候是个戏剧迷，虽然他的不少作品，包括《麦田里的守望者》都表达了对故事片以及好莱坞的轻蔑和嘲讽，但真实情形是他对好莱坞抱着热望，极度渴望在大屏幕上见到自己的名字，甚至为迎合好莱坞有意稀释过自己的故事，也曾一度将《瓦利昂尼二兄弟》等几部小说卖给著名文学经纪人马克斯·维尔金森，维尔金森把故事送到了好莱坞，打算卖给电影公司，但最终塞林格企图进军电影界的希望和他与维尔金森的关系一同化为乌有。促使塞林格和大屏幕彻底划清界限的是他的犹太裔同胞、电影业巨子塞缪尔·戈德温。作为制片人，他翻拍了塞林格《九故事》里的一个短篇——《威格利大叔在康涅狄格州》，这也是《九故事》中我最喜欢的一篇，漂亮的标题即是原因之一。已为人母的“姑娘”埃洛伊斯在一个雪天强留大学时与她一样逾矩的闺蜜排遣自己的惆怅，她瞧不起谎称自己读过简·奥斯汀却只能讲出一部三流小说情节的丈夫，她也无法走进给自己臆想出一个叫吉米的伙伴的患有自闭症的女儿拉蒙娜的世界，她只有通过放纵地怀念自己在战争中死去的恋人——恋人把她摔伤的脚腕叫作“可怜的威格利大叔”——来温暖和消解无法摆脱的污浊世界——那卡在成人和孩子之间的狭窄深渊。这个把生活过得一团糟的埃洛伊斯，很多年前，也曾是个好姑娘。令人不可思议的是，一提改动自己的作品，哪怕是改动一个题目就要大动肝火的塞林格竟然同意对影片如何拍摄不闻不问，而且，他很清楚，他这部几乎全是对话的小说被改编成话剧倒是没问题，但拍成电影显然需要丰富故事。只能说，对成功的孜孜追求蒙蔽了塞林格的眼睛。塞缪尔·戈德温请来因《卡萨布兰卡》名声在外的剧本作家朱利叶斯·J·爱泼斯坦和菲利普·G·爱泼斯坦改编剧本，并把片名改成了《我愚蠢的心》（*My foolish heart*），塞缪尔·戈德温把一个好端端揭露上流社会，唤起大家自省的小说翻拍成了主打悲情牌的爱情故事，影片还把拉蒙娜改成了私生子，增加了很多人物。烂俗的片名以及粗糙的改编打碎了塞林格的电影梦，大为光火的塞林格发誓再也不会把小说版权卖给任何电影公司。此后，英国BBC电台曾通过塞林格的英国编辑杰米·汉米尔顿向塞林格表示，希望把《献给爱斯美的故事——怀着爱与凄楚》改编成广播剧。《我愚蠢的心》造成的阴影还深深烙在塞林格的脑海里，他不允许任何人再演绎他的《献给爱斯美的故事——怀着爱与凄楚》。事实上，让塞林格彻底对好莱坞死心的事发生在1956年，塞林格打算把《九故事》中《那个大笑的男人》的电影拍摄权卖掉，好莱坞制片人杰里·沃尔德竟然想把故事改成喜剧，后二人合作未成功。塞林格差一点重蹈《威格利大叔在康涅狄格州》的覆辙。那以后，塞林格把自己的所有作品紧紧抓在手里，像护着自己的孩子一样，生怕被人抢走。一部名著被改了名字搬上大荧幕成功的例子比比皆是，关键是能否被原作者和观众认可。《飘》被改编成电影时即换了更适合电影宣传和传播的片名《乱世佳人》，经偶像派巨星克拉克·盖博和费雯丽的演绎，无疑扩大了原著在全球范围的影响力。而《我愚蠢的心》因无病呻吟被批评家大加挞伐，塞林格也迫切希望大家忘记这部电影，但此片流传很广，至今仍是好莱坞电影的典范。

《麦田里的守望者》名声大噪之后，包括希区柯克、斯皮尔伯格、库布里克等无数蜚声全球的好莱坞大导演找上门来，想要争夺它的影视版权。但塞林格始终不为任何人所动，对他们的请求置之不理。米高梅大老板亲自出马，好歹得到了塞林格一句回复："要么让我来演男一号，要么就永不要提。"已奔向不惑之年的塞林格当然演不了十六岁的霍尔顿。百老汇的著名导演伊利亚·卡赞也在被拒绝的队伍中，据说塞林格对劝说他的卡赞说："我不能同意。我怕霍尔顿不高兴。"争夺者中还新增了塞林格的骨灰级粉丝——童星出身的比尔·马汉，这位不折不挠的尾随者，一度成了已与世隔绝的塞林格的噩梦。尽管我们失去了在大屏幕上看到戴着红色棒球帽的霍尔顿的可能性，但对维护霍尔顿形象的丰富性来说，未尝不是好事。

塞林格对好莱坞和电影的疏离，既有"一朝被蛇咬，十年怕井绳"的原因，更与他对卓别林的偏见不无关系。几乎没有人相信乌娜和卓别林的婚姻（这是卓别林的第三段或是第四段婚姻）能长久，尤金·奥尼尔对女儿的选择十分震怒，此后再也没跟女儿说过话，并且在遗嘱中声明，一分钱也不留给乌娜。塞林格在乌娜的新婚之夜亲自写了一封信，以此来嘲弄这对新人，并把此信群发给了他的朋友们。1986年，兰登书屋宣称将出版一本英国作家伊恩·哈密尔顿撰写的未经塞林格授权的传记，塞林格立即提起诉讼，然而正是这场著名的诉讼拉锯战，使塞林格一些隐居生活的细节以及他与朋友间往来信件的内容被公之于众，最具爆炸性的是塞林格对乌娜婚姻的一段评论：“我可以想象他们夜里在家的样子。卓别林头发花白，全身赤裸地蹲在衣橱顶上，拿着手杖摇头晃脑，像只死老鼠。乌娜穿着宝蓝色的外套，在浴室里发疯似的鼓掌。”出乎众人意料的是，乌娜和卓别林共同生活了34年，直到卓别林1977年去世。他们还生了8个孩子（据说卓别林害怕一切橡胶和橡胶制品，拒绝戴安全套，引发多起意外怀孕事件）。塞林格崩溃之余，将仇恨转移到了电影产业上。在《麦田里的守望者》中，他借主人公霍尔顿之口说道：“如果有一样东西是我恨的，那就是电影。”他还在自己的小说《已故伟人的女儿》（档案名《作家女儿找老男人》）等作品中恶毒地羞辱卓别林。1995年，伊朗导演达瑞什·麦赫瑞在未获得塞林格授权的情况下，把塞林格的另一部小说《弗兰妮和祖伊》翻拍成了电影，不知塞林格个性的麦赫瑞重蹈了塞缪尔的覆辙，他把片名改成了《帕里》（*Pari*），因为当时美国和伊朗没有正式的版权关系，该片得以在全伊朗合法发行。然而，1998年麦赫瑞企图让该片在林肯中心上映时，被塞林格的律师们成功阻止。麦赫瑞对塞林格的行为十分不解，还辩称自己只是为了“文化交流”。

当然，非母语的小说传播必然会涉及翻译问题。一个蹩脚的翻译不仅会弄脏原文特有的气息，打乱原文正常的脉搏，甚至会背离原作原旨，贻害作者贻误读者，这绝不是危言耸听。说实话，我对他短篇小说的兴趣，比如《九故事》《破碎故事之心》《充满保龄球的大海》《好心的中士》《年轻的伙伴》，等等，要比他那部用短篇组合出来的长篇《麦田里的守望者》浓厚得多。具体到题目，可以说一个好标题是打开文章宝箱的密钥。《九故事》里有一篇的题目不得不说，那就是《*For Esmé—with Love and Squalor*》。迄今为止，这篇小说至少有三版中文译本，最早的可能是傅维慈的译本，题目是《给艾斯美写的故事——既有爱情又有凄楚》（傅书华选编，《希望之谜》，2006 年，北京大学出版社）；还有一版是宋志宏的译本，题目是《献给爱斯美的故事——怀着爱与凄楚》（王向远选编，《二十世纪外国短篇小说精选》，2005 年，人民文学出版社）；最新出版的是李文俊的译本，题目是《为埃斯米而作——既有爱也有污秽凄苦》（J.D. 塞林格著，《九故事》，2013 年，上海文艺出版社）。原标题来自小说中 13 岁的早慧少女爱斯美（爱斯美比埃斯米更贴近 Esm é 法语发音），她是个聪明真诚又善良孤独的贵族女孩，父亲在北非战场牺牲了，她戴着父亲的大手表参加教堂唱诗班的排练，在一家茶室遇到一个自称作家的美国士兵，她请求他为她写一篇故事，她说她喜欢“悲惨凄楚的故事”，“故事一定要写得非常悲惨，非常动人”（宋志宏译本）；“污秽的。我对写凄苦的小说特别感兴趣”（李文俊译本）。“Squalor”的确有“污秽、肮脏”的意思，但也有“悲惨、凄楚”的意思。况且很多外国小说的题目意译更有艺术性，比如 *Rebecca* 直译是《吕蓓卡》，意译为《蝴蝶梦》，联想和设喻的丰富性不言而喻。*Oliver Twist* 直译不过是小主人公的名字，意译成《雾都孤儿》不仅拓延了题目内蕴，也尽显了暗示的开阔性。我想，李先生把Squalor译成“污秽”无非是为了批判现世的污浊与肮脏，但出自一个13岁小姑娘之口未免过于成人化了，尽管塞林格笔下不乏比成人还睿智的儿童。我以为，一个好的题目，有深度固然很重要，但有诗意更容易打动读者。我相信，喜爱《献给爱斯美的故事——怀着爱与凄楚》这个老版本标题的读者看到题目换成《为埃斯米而作——既有爱也有污秽凄苦》（读起来又生硬又别扭），是会懊恼成怒的，至少我是这样。

李文俊先生是翻译福克纳的专家，他翻译的福克纳的作品得到了哪怕是最挑剔的读者的认可。前些天我恰巧看到一篇李先生的访谈，他谈到自己对“信达雅”的把握是“原作者怎么写的，就要尽量贴近”。他说：“比如福克纳喜欢用长句，我翻译的时候也要用长句。我和杨绛他们有点不同，我更忠实原文的结构。”他解释称，这是因为杨绛他们中文好、胆子大，敢于把外文长句拆成短句，再用中文表达出来。但是自己“做不到，没这个本事”，所以就按照比较直的方法翻译。我觉得问题不在直译还是意译，而在于译者是否具备高超的文学直觉和素养。李先生在翻译福克纳的间隙，也重译了一些在他看来相对轻松的作品，比如海明威的《老人与海》，简·奥斯汀的《爱玛》等（幸好他没有表现出对翻译诗歌的兴趣）。几个月之前，我断断续续重读了一遍爱丽丝·门罗的《逃离》，译者恰巧也是李文俊先生。当时曾对小说中泛滥的破折号感到莫名其妙，后来才知门罗原文即是如此。至于随处可见的语气词也许是因为作者是女性或小说洋溢出的浓烈的女性色彩？那么偶尔冒出来“瘪三”之类的方言难道是要呼应原作的烟火气和生活化？后来我读到《南方周末》记者对李先生的访谈，记者也提到这个问题（看来感到别扭的不止我一个），李先生回应说他觉得语言应该打通，南北方比较好的语言（方言），应该用在翻译上。但我仍旧不能接受好好的“一盘菜”里时不时出现“一根头发”的状况。门罗描写的加拿大小镇虽然闭塞土气，门罗的语言却毫不闭塞土气。其实我更想表达的是这几处突兀的方言与门罗小说整体语言风格并不协调。列一下《逃离》中的八篇小说题目（不翻书我还真想不起来）：《逃离》《机缘》《不久》《沉寂》《激情》《罪债》《播弄》《法力》。整齐而单调的双字结构，成功地让读者看完小说之后对题目完全失忆。

与门罗对小说题目的冷淡相反，大部分作家会反复推敲作品标题以求让读者过目难忘。有趣而陌生化的题目的确是会勾起读者的阅读欲望。《打女佣的屁股》（罗伯特·库佛）、《最初的爱情，最后的仪式》（伊恩·麦克尤恩）、《超越爱情的永恒之死》（加西亚·马尔克斯）、《国王鞠躬，国王杀人》（赫塔·米勒）、《礼拜五或太平洋上的灵薄狱》（米歇尔·图尔尼埃）、《当我们谈论爱情时我们在谈论什么》（雷蒙德·卡佛）、《一个陌生女人的来信》（斯蒂芬·茨威格）、《分成两半的子爵》（伊塔诺·卡尔维诺）、《别的声音，别的房间》（杜鲁门·卡波特）、《押沙龙！押沙龙》（威廉·福克纳）、《更多的人死于心碎》（索尔·贝娄）……要列一张难忘题目的清单大概要花掉我半辈子的时间。如此，就要水到渠成地说到在新媒体时代横行肆虐的一个党——标题党。所谓物极必反过犹不及，标题党们无论是以过度幽默为初衷还是以骗点击量赚钱为目的，我相信，最终都逃不掉被鄙薄被厌弃难登大雅之堂的命运。

那些视题目如灵魂的作家都值得被反复尊敬。不过，我还是觉得，好东西就像火种，乱用它是危险的，但禁止使用它无疑是不明智的。塞林格归根结底是个缺乏安全感的病人。美国心理学家卡伦·霍妮说过一句话："受到压抑的敌对冲动往往并不投射到事实上与之相关的那个人身上，而是投射到别的事物上。"塞林格的固执、决绝、冷酷、殃及池鱼与他少年时的境遇、战争对他造成的隐痛以及他膨胀的双重人格不无关系。然而，对隐私的尊重已上升到形而上，对冒犯零容忍又最讨厌电影的塞林格在天堂里一定不会想到，2017 年 9 月 15 日，一部根据坎尼斯·斯拉文斯基所著传记《塞林格的人生》改编而成的电影《麦田里的反叛者》在美国高调上映了。高仿的题目和部分编造情节，使得塞迷们无论如何不能接受这"很不塞林格"的影片。也许，另一个世界的塞林格会戴着红色的棒球帽，无可奈何地对着自己的影子说："这个混账人间，我他妈的还不如不出名。"

伟大的敌意

不同作品之间的敌意

美国歌手唐·麦克莱恩读过梵高的传记后创作了一首著名的歌曲《Vincent》，其中有一句歌词：“this world was never meant for one as beautiful as you”，把它用在美国作家杰罗姆·大卫·塞林格所塑造的麦田守护者们身上也十分契合——君心高且洁，与世不相谐。

初入文坛的塞林格，还未拥有成为麦田守护者的能力，他的人格被动地一分为二。1940年1月，刚过完21岁生日的他在良师益友惠特·伯尼特（《小说》杂志的编辑）的帮助下，在《小说》杂志发表了他的第一篇小说《年轻的伙伴》，稿酬是25美元。兴奋的塞林格无法平静，他把打字机从一个房间搬到另一个房间，对着空无一人的公寓高声朗读。此后8个月，他向不同的杂志投稿，收到的却仅仅是退稿函。表面上他装作满不在乎，说退稿自有意义，还向伯尼特报告说他终于可以选择新的事业——当演员或剧作家，内心深处，塞林格的自信心则受到猛烈的打击。他迫切地想得到别人的承认，不允许自己瓦解自己的意志，可口是心非的心理暗示又时时失效，他总是忍不住深深地怀疑自己。1941 年，塞林格在文坛崭露头角，而他面临的选择弄得他进退维谷、顾此失彼。商业性小说易于出名，稿酬丰厚，但要求读者作出自我反省的严肃小说才是塞林格心之所向。

英国文学批评家 F.R. 利维斯在他的《伟大的传统》一书中认为，严肃文学在内容上要对人性有足够深刻而又充满同情的理解，对当代病有先人一步的警觉，语言要精致准确，整体结构不蔓不枝。利维斯与一部分评论家所阐述的“严肃文学代表着文学发展所能达到的最高水平，伴随着思想内涵、创作方法、语言运用上的更新”的观点大同小异。而与之相对的通俗文学，一直被评论界认为是一种文化补偿，它以故事情节为第一阅读驱动力，以娱乐大众为创作目的，主题迎合人类的两个本性（性和攻击性），往往涉及爱情和死亡。一直以来，严肃文学与通俗文学浊泾清渭，严肃小说作家与商业小说作家不相为谋。如此，就不难理解塞林格对商业小说的天然“敌意”。

彼时，必须自食其力的生存压力困扰着塞林格，他不得不采取一个两者兼顾的权宜之计：将他的小说一分为二，一种是那些更适合推销、能马上为他赚来钞票的小说，一般投给《克利尔》（美国最著名的几家杂志之一，能使投稿人在国内马上出名，且稿酬丰厚）；一种是反思性的、有深度的小说，目标是《纽约客》。

塞林格以流行的欧·亨利笔法迅速写出了适合商业推销、没有什么深度、纯为迎合大众口味的小说《窍门》，发表在《克利尔》上。之后又在《克利尔》上轻车熟路地发表了《一个步兵的个人笔记》。一方面，连续被退稿的挫伤，使塞林格把《窍门》在《克利尔》上的首发当成了一次胜利，写作事业受到鼓舞，他不免沾沾自喜；另一方面，塞林格又取笑和瞧不起《窍门》，视它的发表为尴尬之事，劝告朋友不要读这个故事。

奥地利诗人里尔克在《安魂曲》中曾写下诗句："生活和伟大的作品之间，总是存在某种古老的敌意。"在塞林格这里，我发现"敌意"孳生出更多的"枝丫"，商业小说即是其中之一。商业小说与严肃小说之间的"古老敌意"困扰了塞林格，这"敌意"即是塞林格在商业小说和严肃小说之间首鼠两端的根源，也是塞林格不得不做的挣扎。

塞林格的困惑在于他想要同周围的一切有所区分，他想要用作品挣脱他所进行着的生活，他急于撕掉他身上商业小说家的标签，也急于把他对世界的认知和感悟通过严肃小说传递给他的预设读者。但毫无疑问，商业小说的写作历练以及商业杂志对塞林格的支持和推崇，对快速确立塞林格在文坛的地位以及创作出《麦田里的守望者》起到了推波助澜的作用。

回到小说本身，与作者认为的完美相比，读者的肯定和接受同样重要。除了审美价值、启智价值之外，小说的娱乐价值和商品价值同样不可忽视。毛姆说，一切文学的本质都是消遣，是寻

求安慰或刺激。他的观点虽极端化，可我恰恰觉得，唯其极端化，才更容易厘清商业小说与严肃小说之间“敌意”的人为性和僵化性。人性的饱满和生活的多元注定了文学的多维。小众与大众、精英与通俗、商业与严肃、主流与独立并非水火不相容。商业小说与严肃小说绝不应是泾渭分明的二元对立关系，它们冲撞，它们也融合。从小说家的角度看，差异性产生意义，“脚踏实地”与“仰望星空”并不矛盾。商业小说因迎合了读者的期待视野而实现外在价值的最大化，而严肃小说的启蒙话语、对审美的无限追求、对人性的深刻挖掘以及形而上的哲学思考，因“非个人化”表达诉求的释放，实现了内在价值的最大化。从读者的角度来说，阅读固然不能缺少具备反思判断力而不仅仅是感官刺激的对人性持有终极关怀的严肃小说，但在去深度化与去意义化的通俗小说中体验不一样的人生和情感，是跳脱出现实的蝇营狗苟，感受星辰大海的途径之一，代入感会带来愉悦感和满足感；从文本的角度说，把小说人为地划分为商业小说和严肃小说并不智慧也并不科学，概念的模糊性导致分类的交叉性与不严谨的排他性。不管怎么说，塞林格的商业小说弥合了他文学上的停滞与更为严肃的文学作品之间的空白是不争的事实。

作品内部的敌意

当商业回报使塞林格喜出望外时，故事内容不够严肃造成的焦虑很快被自我安慰消解。他在给伯尼特的信中分析道，等他在更为著名的杂志站稳脚跟后，他那些更深刻、更锋利的作品就不怕没人发表。话虽这么说，塞林格在纯文学写作和商业写作中还是找到了一种试图消解二者之间“敌意”的途径。小说《破碎故事之心》看似表明塞林格在创作选择上暧昧的妥协态度，实际上机智地缓解了塞林格的矛盾心理。“爱你是我唯一重要的事，莱斯特小姐。有人认为爱是性是婚姻是清晨六点的吻是一堆孩子，也许真是这样的，莱斯特小姐。但你知道我怎么想吗？我觉得爱是想触碰又收回手。”小说中的这段经典语句自然会让《克利尔》的读者们如痴如醉，只是塞林格不甘心只写一个“当男孩遇上女孩”之类的温柔言情故事。这篇小说既没完全满足商业要求——一同坐一辆公交车而一见钟情的男女主人公最后各奔东西，继续他们无爱的、世俗的生活；也没有完全满足严肃文学的要求——他效仿了浪漫小说和当时流行的警匪片。小说受欢迎的通俗情节没能进行到底，塞林格给喜欢“大团圆”结局的读者们兜头泼了一盆冷水。商业性和严肃性彼此对峙的“敌意”终究没有消除，最后当然是商业的归商业，严肃的归严肃。作为塞林格的读者，同样也面临着阅读上的智性挑战，是继续接受流行杂志推销的幸福时光，还是接受不太幸福但更真实的选择？换言之，这篇小说兼有商业小说和严肃小说的双性元素，就如同塞林格渐渐显示出的多重人格。

我注意到，塞林格发在商业杂志上的大部分通俗小说，内容上仍关注现实，形式上也乐于展现文字和文章结构的魅力，并不只有精彩离奇的故事以及超刺激的阅读快感。塞林格的商业小说并没有像他自己认为的那样与严肃小说之间“非此即彼”或“不共戴天”。比如塞林格发在商业杂志《星期六晚邮报》上的《小兵之死》《打雷喊我》《最后一个假期的最后一天》是他在军队服役驻扎在班布里奇时撰写的有关战争的现实题材小说，他控诉纳粹恶行的小说《维也纳，维也纳》也是发在通俗杂志《好管家》上。我非常喜欢的一部短篇小说《下到小船里》（后来收入小说集《九故事》）最初同样发表于商业杂志《哈泼斯》。《下到小船里》作者开头就将人物情境放在抵达或即将抵达那种难以形容的临界状态上，在敏感、自闭、常常隐藏自己的四岁小男孩与母亲的对话中，成人世界的丑陋与孩童世界的纯真之间的“敌意”毕现，故事最后，母亲宝宝·坦纳鲍姆富有耐心地不断破除男孩设置的障碍，下到了小船里，一种单纯的力量使孩子与成人最终和解，“敌意”得到暂时的缓解。这与塞林格当时的创作情境颇为契合。尽管当初塞林格写作商业小说的目的是为了创作与商业小说抗衡的严肃小说，然而有趣的是，当初塞林格耿耿于怀的他自己烙在他所谓商业小说上的“通俗”“商业”“爱与温情”等标签早已被他的后续读者们忽略。

塞林格牢记着伯尼特在哥伦比亚大学一节训练课上教给学生们的优秀作者的定义——站在后台写作，不打扰读者和故事，将自我隐藏起来，允许读者和人物进行正面沟通。并且，塞林格还要在他的小说中宣告他的文学良知、小说真理和反抗美学。1943年，在知名度上高于《克利尔》的《星期六晚邮报》买下了塞林格的短篇小说《瓦利昂尼二兄弟》。这个小说写的是两兄弟的生活，一个是追求写作成功的作家乔，一个是追求名利的音乐家桑尼，兄弟二人的抱负在故事开端即初露“敌意”。乔在一所小学院里一边教英文一边著书，但对成功极度渴望的桑尼强迫软弱、敏感的乔放弃了一部写在火柴盒后面的小说，转而为桑尼写歌词。桑尼虽然有才，关心的不过是名和利，音乐只是他的产品。兄弟俩合作的几首歌很快火了起来，两人一夜成名，迅速变成了有钱人，“敌意”似乎轻易得到消解。小说发表后，塞林格一边表现得很兴奋，并立即又向这家杂志投了两部作品；一边挖苦这家杂志，一大笔稿酬也没有封住塞林格的嘴。他不仅向伯尼特贬低《星期六晚邮报》从他手里购买的小说，还向身边的朋友嘲笑推崇这个故事的人，他为这个故事做出明显不真诚的“深刻”道歉，说故事没有水平的原因是他写作时还想着好莱坞（塞林格后来将《瓦利昂尼二兄弟》等几部小说卖给著名文学经纪人马克斯·维尔金森，维尔金森把故事送到了好莱坞，打算卖给电影公司，但最终不了了之，塞林格想要在好莱坞一鸣惊人的愿望化为泡影）。

塞林格在《瓦利昂尼二兄弟》中传递的信息其实非常明确，塞林格想要成为乔那样不折不扣的作家，但塞林格同时还有另一个化身，他也许担心读者不能正确理解他的意图，索性用自己年轻时的名字“桑尼”作为乔的兄弟的名字，塞林格内心两个矛盾的“我”化身为兄弟二人，既相互亲近又相互对立。桑尼的贪婪最终毁掉了乔，一名恶棍把晚会上在钢琴旁演奏的乔误认成桑尼而枪杀了他。在这篇小说中，商业性和严肃性的“敌意”最终达到了白热化——商业性毁灭了严肃性。塞林格将商业化倾向描写成纯粹的罪恶，认为作家若被商业化诱惑即意味着走向死亡。《瓦利昂尼二兄弟》延续了《破碎故事之心》的成熟技巧，在商业性小说中糅进反思因素，我认为塞林格是借此提醒自己，虽然他目前无力摆脱金钱和名气的诱惑，但他心里比谁都清楚，商业性的成功将要窒息他纯洁的创造力。他果断地要在以后的小说中剔除商业因素。

英国当代著名的哲学家约翰·格雷写过一本书叫《木偶的灵魂：自由只是一种错觉》。他认为，人类独有的似乎并非意识，亦非自由意志，而是内心矛盾——让我们精神分裂的对立的冲动。在动物中，只有人类一边寻求满足欲望，一边又咒骂这些欲望邪恶……人之所以为人，不是因为具有自我意识，而是因为自我分裂。而某些动物的优雅是人类效仿不来的，从容躲开所有剑击的熊（对虚招不予理会）也好，提线木偶也罢，都没有自省之苦。人类要享有优雅的自由，只有经过蜕变，要么毫无意识，要么有无限意识；也就是说，不是木偶，即是神。

“难道我们非得再吃一次智慧之树的果实，才能回转到纯真的状态吗？”

“确实如此。”

作品与生活之间的敌意

自我意识可能是自由生活的障碍，并非是多么超前的观点。早在春秋时代，道家就提出了顺其自然、大道无为的思想。庄子《逍遥游》中即有“至人无己，神人无功，圣人无名”的阐释。只不过，至人难觅，神人难修，圣人鲜有罢了。

能够肯定的是，人类确实回不到毫无意识的蒙昧状态。既与现实疏离又无法固守孤独的青年塞林格借他小说中的每一个故事不断暗示，只有那些早慧儿童才葆有可贵的纯真。《麦田里的守望者》里霍尔顿的小妹妹菲苾，《献给爱斯美的故事——怀着爱与凄楚》里的爱斯美，《特迪》里的特迪，《威格利大叔在康涅狄格州》里的拉蒙娜，格拉斯家族的西摩……他们天赋异禀，处处都显得与外部世界和世俗之人格格不入，又并不想把自己非比寻常的天赋贡献于他们所鄙视的功利社会。塞林格安排他的小主人公们与现实生活永远保持着“敌意”——西摩选择自杀，特迪预言了自己的死亡，拉蒙娜则用自闭和空想的方式来表达自己对周遭世界的疏离，而《麦田里的守望者》中的霍尔顿对身边假模假式的一切腻烦透顶，他以其自身的堕落揭示和反抗着异化社会中道德的堕落。反抗维护了生存的意义，他们在反抗中找到共同生存的理由。塞林格认为，那些少年一旦进入成年，便会被浊世污染，不可救药地堕落。

一部优秀的小说既要靠近时代又要推开时代。“作家天生就应该有三种敌意，对所处的时代、母语和自己。”（里尔克语）我觉得保持这种“敌意”（紧张与悖论），即是向“古老”（文学的原初使命）的回归，这也许不是里尔克“古老的敌意”之所指，但拓延出一点误读的趣味也是一种审美。毕竟，审美是一种动态活动。

无论对于小说家还是小说，我们总是需要不断追问，在一个异质与同构抗衡的多元化社会，一个在当前中国及全世界都面临着文化危机、精神空虚的喧嚣而沉沦的浮躁年代，在小说创作中，是否仍旧暗循着某种古老的法则？这种古老的法则对小说家和小说而言意味着什么？小说家如何通过作品建立一个自己的世界，一个真诚而独特的世界，一个正直而纯真的世界，一个正义而人性的世界。尤为重要的是，如何处理生活与作品之间的紧张与悖论。

对塞林格而言，生活是其作品的来源，但他的作品又始终与生活保持着若即若离的“敌意”。塞林格作品中两个永恒的要素——童心与死亡，都能从他一辈子无法走出的战争中找到根源。塞林格在战场上英勇无畏，视死如归，但他同时清醒地意识到战争的卑劣和无意义。在《魔术般的猫耳洞》《一个在法兰西的小伙子》《这片没有果酱的三明治》等描写战争的小说中，他看到战争对人类设下的陷阱，胜利只能带来瞬间、暂时的解放，人们不知疲倦地自欺欺人、陷入幻想。他批判军队是没有灵魂的冷酷机器，把战士当成了零件和炮灰。

塞林格在小说中流露出的反战思想与当时社会上对战争的正面宣传背道而驰，塞林格做好了他的战争小说永远不被发表的心理准备，他的许多小说最后也确实不知所踪。作品与生活之间的确存在着悖论，不经历残酷的战争和战后无法消弭的空心病时代，塞林格也许不会成为与《献给爱斯美的故事——怀着爱与凄楚》中X中士一样被噩梦缠颈的“炮壳震惊”病人，但同时他也注定写不出名闻遐迩的《麦田里的守望者》。安逸与循途守辙的生活也许正是平庸作家和平庸作品泛滥的缘由。

作品与作家之间的敌意

杰出的智慧、出众的才华很多时候并不能战胜贪婪、虚荣、冷酷、好色等本能。生活中其人与其文犹如天冠地履的例子并不鲜见，许多大作家会重蹈自己作品中批判过的人物的覆辙。莎士比亚著名喜剧《威尼斯商人》中塑造了一个冷酷无情、唯利是图的守财奴形象——放高利贷的夏洛克，鲜为人知的是，当莎士比亚的戏剧成了“票房保证”，拥有大批拥趸时，莎士比亚自己也沦为了金钱的“奴隶”，赚取更多的钞票成了他最大的心愿。莎士比亚不仅大搞房地产交易，甚至还从事起了一项副业——像夏洛克一样放起了“高利贷”。他效仿了《威尼斯商人》中的主人公夏洛克的人生，专向遭遇经济困难的朋友和熟人放贷，获取高额的利益回报，还美其名曰“帮助他们摆脱困境”。那些还不起高利贷的债务人常被莎士比亚送上法庭，莎士比亚与那些“赖债者”频频对簿公堂的新闻几乎和他的戏剧一样“名闻遐迩”。

经典作品与作家之间形成的巨大张力，令人瞠目。莎士比亚本人正是他在他的戏剧中用尽笔墨辛辣嘲讽的那一种人。所谓“文如其人”或“人如其文”显然有其狭隘性，那不过是评论家们一厢情愿的美好愿景罢了。言不符行、文不符人的情况绝非孤例。

用作品对生活进行精神过滤和哲学诊断的巴尔扎克，其真实人生比他的小说更具戏剧性。他因痴迷奢靡的生活而负债累累，为还债和维持奢侈生活创作出大量博大精深的文学巨著。要把整个社会装进脑袋的“文学拿破仑”，把他笔下丑态百出的“人间喜剧”在自己身上做了三百六十度无死角彩排。他一面揭露资产阶级的贪婪，一面为了攫取金钱无所不为——剽窃、做投机生意、写下流故事；一边描写贵族阶级注定灭亡，一边虚荣心膨胀假造贵族身份，为了得到贵族头衔寡廉鲜耻到令人匪夷所思的地步。在作品中洞若观火、智慧明达的大作家，在生活中却目不见睫、放荡幼稚。反过来说，如果巴尔扎克生活中一帆风顺、财源滚滚，他绝对写不出蕴含崇高深刻思想的经典作品，他那些最优秀的作品都是生活最窘迫时被逼而成的。悖论的魅力不可小觑，它形成的强大力量令人着迷。

给人类留下巨大精神财富的不乏这样一群人。凯鲁亚克、爱伦·坡、三岛由纪夫、卡夫卡、亨利·米勒……皆是代表人物。出生于中美洲的“英国文坛移民三雄”之一的维·苏·奈保尔文学才华举世瞩目，生活中却是一个举止粗鲁、自私小气、尖酸刻薄之人，对妻子和情人只有无尽的索取与暴力。这些都与他早年孤独、焦虑、流离失所形成的自卑心理有关，写作是他宣泄愤怒的唯一出口。奈保尔拒绝与妻子发生性关系，他认为性欲是可耻的，与此相悖的是，他又经常出门嫖妓。2001年奈保尔获得诺贝尔文学奖，他的获奖感言“感谢妓女”霎时使颁奖典礼变成了一场闹剧。瑞典文学院立马表态，他们是纯粹按文学成就的标准来决定获奖者的。诺贝尔奖评委会主席也立刻发声：“我们评奖只看他的作品，不管他的人品。我们爱他的作品，但绝不跟他交朋友。”我行我素的奈保尔在《大河湾》一书里这样开头：“别人怎么看我，怎么说我，我完全没有兴趣，根本就无所谓，因为我是为这个叫文学的东西服务的。”传言奈保尔曾想写自传，但写了几次都写不下去——他自己都无法在传记中面对自己。

两度获得法国龚古尔文学奖的作家罗曼·加里饮弹自尽前在纸条上写道：“人们显然可以把‘自杀’归咎于抑郁症。然而，自成年以来，‘抑郁’始终伴随着我，并允许我更好地完成作品。”看似毁掉了作家的抑郁在某种程度上可以称为“伟大的抑郁”。作家比常人更为敏感、孤独和自省，他们也更容易痛苦和抑郁。抑郁像一个深渊俯视着他们，吞噬着他们，但他们也因抑郁爆发出超常的文学力量。尼采、荷尔德林、伍尔夫、海明威、菲茨杰拉德、戴维·福斯特·华莱士、莫泊桑、芥川龙之介、三岛由纪夫、川端康成、格奥尔格·特拉克尔、阿伦茨、列夫·托尔斯泰、叶赛宁、塞林格……正是这些伟大的抑郁者创作出无数令人崇拜的经典之作。川端康成对此有一句精辟的论述：“颓废似乎是通向神的相反方向，其实是捷径。”

塞林格年轻时亦协调不了他真实个性与作品之间的“敌意”。1941 年夏，塞林格爱上了剧作家尤金 · 奥尼尔的女儿乌娜 · 奥尼尔。她正是塞林格在小说中痛斥的那种女孩——漂亮又肤浅，活泼又轻浮，你很轻易就会在《麦田里的守望者》中的萨丽 · 海斯或者《逮香蕉鱼的最佳日子》的穆里尔身上看到她的影子。乌娜·奥尼尔与莎莉 · 海斯这个人物高度互文，她们没有深度，无牵无挂，遵循流行的趋势。塞林格也许正因此才以无法解释的方式深深爱上了乌娜。他自己也变成了他小说中那些他尽力讽刺、轻视和厌弃的人物——为了讨好女孩，哪怕几乎付不起饭钱，也要在高档俱乐部一边品酒一边消遣时光，渴望高调的成功，羡慕俱乐部里的电影明星和上流社会的名人。当乌娜移情卓别林后，塞林格不仅在小说《作家女儿找老男人》等作品中攻击卓别林，甚至在乌娜的新婚之夜亲自写了一封信，以此来嘲弄这对新人，并把此信群发给了他的朋友们。

1951 年 5 月，《麦田里的守望者》在美国和加拿大同时发行前夕，为了避开小说出版可能引发的热潮，塞林格“出逃”英国。他的英国编辑杰米 · 汉米尔顿用话剧《埃及艳后》来款待他。主角是汉米尔顿的朋友、传奇式演员劳伦斯 · 奥利弗和他的妻子费雯·丽。演出结束后，奥利弗夫妇与汉米尔顿、塞林格一起吃晚饭，塞林格尴尬不已。在《麦田里的守望者》里，霍尔顿说看过奥利弗 1948 年主演的电影《哈姆雷特》，并嘲讽奥利弗演技虚伪：“我没有发现劳伦斯·奥利弗爵士有什么了不起的。他太像一个将军，不是一个悲伤的、落魄的家伙。”而此刻的塞林格被迫与他在小说里大加挞伐的虚伪之人用漂亮话互相敷衍。塞林格强烈意识到，他自己才是那个虚伪透顶的人，并为此而羞愧不已。尽管与奥利弗见面很不自在，但从他在英国写的家信里，我们看到塞林格提到此次会面时，字里行间表现出的却是满足。回国之后，听说奥利弗夫妇要来纽约访问并要再次见他，他给汉米尔顿（汉米尔顿当然通读过小说，还送给塞林格一本英文版《麦田里的守望者》）写了一封长信，解释说，奥利弗的演技是真诚的，他与小说里的霍尔顿意见不同。塞林格的刻意强调使尴尬变得复杂，这种表面的暧昧热情传达出的却是塞林格对自己作品的公开“敌意”或明显鄙视。

读者从《麦田里的守望者》中的霍尔顿身上已敏感地捕捉到了可能同属于塞林格的某些分裂人格。事实也正如此，塞林格身上杂糅的东西太多了，他既多愁善感又冷酷无情，既真诚谦逊又虚伪自大，既是一个慈父又是一个暴君。而小说为塞林格的困境提供了出路和分裂的途径。或许塞林格身上内外兼具的矛盾性恰是催生出因排他性而在文学史上占有特殊位置的《麦田里的守望者》的必要条件。某种程度上，塞林格与他的作品在“敌意”中互相完善，彼此成就。

霍尔顿拒绝被环境同化，他憎恨学校、剧院、电影、大街上的公共汽车。但反讽的是，他无法从他蔑视的普通生活中摆脱出来，就如同他讨厌圣诞树，但还是被萨丽帮忙剪树的请求一次次地拽过去。小说结尾陡然性的变化——又冷又醉醺醺的霍尔顿在等待着他无比痛恨的麦迪逊大道公共汽车——似乎暗应了塞林格现实中的处境：他显然渴望拥有他所憎恨的东西。他揭露和贬斥将他塑造出来的世界的空虚和虚伪，而他俨然就是其中一员。他的作品，比如《麦迪逊的轻度反叛》（塞林格在《纽约客》发表的第一篇小说，后来成为《麦田里的守望者》的一个章节）试图解释生活中的塞林格正亲身体验着的这种困惑。如同他在写作方向上徘徊不定的态度一样，他的个人生活里出现了相同的纠结和矛盾。当霍尔顿满嘴脏话痛斥上流社会的虚假矫饰时，他的创造者正坐在斯托克俱乐部里，享受着虚荣伪装的生活，追求着他在文字中极力批判的那些东西。

《麦田里的守望者》大获成功之后，1952 年，福吉谷军事学院授予塞林格杰出校友奖，而塞林格在小说中嘲笑的正是福吉谷军事学院。颁奖时塞林格不在国内，他因避免了重演与他在《麦田里的守望者》中讽刺过的演员奥利弗一起吃饭的那种尴尬而感到轻松自如，不过他给校友会写了一封信，感谢他们的垂爱，说他深感荣幸。塞林格性格中早已存在的分裂因素再次凸显出来。

不唯塞林格，很多艺术家与他们的作品之间同样“敌意”蓬勃，他们的存在低于他们在作品中呈现出的东西，艺术家本人所为甚至与他们在作品中竭力推崇的道德理念、哲学观念、美学理想、人文情怀东趋西步。他们从自己的扛鼎之作中得到的巨大启示对自己的人生却裨益无多，艺术家陷入认知的黑箱，不断消耗着因其作品而获得的“存誉”，这是精神上的“短路”还是实践上的“眩晕”？是智识上的“萎缩”还是人性中的“黑洞”？

西方现代派绘画的主要代表毕加索一生有无数情人，其中，一位病死，一位精神崩溃，两位自杀。她们失去自我，承受背叛和暴力，毕加索既把她们视为他绘画的灵感源泉，又把她们当作他艺术祭台上的牺牲品。毕加索最著名的情人、摄影师、诗人和画家多拉·玛尔（毕加索以她为模特创作了多幅名作）从精神病院出来后终于醒悟，她说：“我最终对和一座历史纪念碑一起生活感到了厌倦。”这句话道出了大多数崇拜“纪念碑”式人物的女人们令人心碎的情感经历。从卢梭到萨特，从托尔斯泰到易卜生，从海德格尔到罗素，从雨果到达利，概莫能外。

塞林格的第二任妻子科莱尔因长期受到塞林格的冷暴力而患上了抑郁症，医生说她的病因是“婚姻紊乱”。她最终和多拉·玛尔一样，对和一座历史“纪念碑”一起生活感到了厌倦。她的离婚诉讼上写道，塞林格长期拒绝与她沟通（指的是他固执的写作习惯），他的冷漠足以“伤害她的健康，危害她的理智”。1967年，两人的婚姻正式结束（其实早已名存实亡）。

孤独又焦虑的塞林格与他创作的《献给爱斯美的故事——怀着爱与凄楚》中的X中士一样具有洛丽塔情结，喜欢年轻女孩，乐于跟她们交笔友，试图在自己的世界中吹出一个“纯真”的肥皂泡。其中一个笔友梅纳德不惜从耶鲁大学辍学与已过知命之年的塞林格同居，不久梅纳德就受不了塞林格的清规戒律，说他“偏执、自私、冷酷”，两人的关系一年内结束。塞林格在小说中让爱斯美用爱温暖了 X 中士，而他本人的爱情波折重重，肥皂泡屡屡破灭，爱情终究不是拯救孤独的良药。1992 年塞林格第三次结婚，新娘比塞林格小 40 岁。

作家与生活之间的敌意

文学家罗曼·罗兰曾说过一句悲观之言："艺术能使我们每一个人得到满足，但它对现实无济于事。"

许多大作家不能见容于他所生活的时代。创作了无数喜剧的爱尔兰作家王尔德生活中却是一出悲剧的主角，因"与其他男性发生不道德的行为"被判处两年徒刑，46 岁即因脑膜炎去世。法国 19 世纪最著名的现代派诗人、象征派诗歌先驱波德莱尔在出版了后来成为 19 世纪最具影响力的诗集之一的《恶之花》不久，因"有碍公共道德及风化"等罪名受到轻罪法庭的判决，写一辈子诗才挣了三万五千法郎稿费。

相比之下，生活对塞林格的"敌意"大打折扣，而塞林格并不领情。尽管他在战争中经历九死一生，用文字制造的气球，又屡屡被生活戳破，可《麦田里的守望者》的成功还是让塞林格家喻户晓。20 世纪 50 年代，美国在战争中大发横财，战后经济发展迅速，中产阶级激增，带来某种“盛世”幻觉。在这一幻觉的影响下，众声喧哗，精神生活却贫乏、空虚。商业化的影响无所不在，物质的满足感无法填补精神的空洞。大部分年轻人失去了反抗能力，“垮掉的一代”应运而生，他们看不惯庸俗、虚伪的世道，想反抗现实，但又不知道反抗什么。找不到出路的他们耽迷酒色，流浪吸毒，放纵不羁。《麦田里的守望者》中的反英雄形象霍尔顿横空出现，足够的批判与抵抗意识，天真无畏的“少年精神”，正合其时，成为万千少年效仿的偶像也就不足为奇。在那个怯懦的年代，知识分子和作家们天然的责任感被唤醒，他们不愿意扮演同谋的角色。

作家与生活之间的“敌意”有被动的排斥，也有主动的疏离。生活对作家而言，有时是屠夫的尖刀，有时是甜蜜的毒药。作家们如何在自己的作品和肤浅的现实生活中转换得游刃有余，同时拥有两个对立的事物，出色地抓住这种矛盾性，塞林格与和他同时代的作家托马斯·品钦给出了自己的答案（未必是最好的答案）——将与生活的“敌意”进行到底。

塞林格和他的哥伦比亚大学校友凯鲁亚克都曾有远大的志向，与那些遭受凄风苦雨打击的作家不同，塞林格作品引起的喧嚣如一场无法控制的熊熊大火，但大火扬起的灰烬让塞林格不胜其烦。塞林格和凯鲁亚克都成为一代人的偶像，都被借来为他们并不赞成的问题和立场辩解，两人为此都深感痛苦，最终他们都厌烦了他们的名望。深感痛苦的当然不止他们两个，塞林格的朋友海明威始终无法真正从战争创伤中解脱，自杀身亡。塞林格的偶像菲茨杰拉德精神崩溃，酗酒而死。凯鲁亚克最终也堕落成酒鬼，英年早逝。而以小说为剑，刺向时代的塞林格已过而立之年，他不可能重复霍尔顿的人生之路，也不愿意像西摩一样自我毁灭。他选择了避世隐居，遁入宗教，他的叛逆和他的天赋一样出色。从某种意义上说，算是在注定污秽的生活与伟大的作品间找到了相对平衡的支点，尽管他无法在世俗评价和自己的文学追求中取得双重的平衡。

讨厌被阐释被窥探的塞林格因他的“逃离”反而给他的研究者们提供了丰富的解读维度。然而，诚如塞林格自己所言，他虽然生活在这个世界，却又不是这个世界的一部分。在被生活之火灼伤之后，塞林格一头扎进寒冷的孤独之中，不再抱怨那灼热的火苗。

别在我唇上寻你的声音

幸存者变成了沉默的人

1980 年 12 月 8 日晚，25 岁的精神病人马克·大卫·查普曼朝“披头士”乐队主唱约翰·列侬开了五枪，列侬不幸身亡。此前查普曼为了刺杀列侬从夏威夷赶到纽约，进城之后，先找了一家书店，买了一本《麦田里的守望者》。他确信自己就是霍尔顿的化身。警察逮捕他时，他正坐在公寓台阶上静静地读《麦田里的守望者》。在 2006 年的采访里，查普曼仍坚持说自己刺杀列侬是受了塞林格小说的影响，他之所以刺杀列侬是担心列侬堕落成虚伪的人。1981 年 3 月 30 日，约翰·辛克利为了吸引女演员朱迪·福斯特的注意，朝时任美国总统里根开枪，震惊世界，警察搜查他所住的宾馆，在他的随身物品里发现了《麦田里的守望者》。有人从这两次刺杀事件做出了种种离奇的推测，甚至有人相信，有神秘人物以恶毒的方式在《麦田里的守望者》里输入了“刺杀令”。

韩松落在《老灵魂》一书中写歌手刘文正时说："他一边在人生的沙滩上留下浓烈的踪迹，一边在日后用自己的绝迹江湖将它抹掉。"这句话用在美国作家杰罗姆·大卫·塞林格身上也尤为恰切，他一方面通过深居简出避开人群，一方面又通过霍尔顿这一人物和《麦田里的守望者》与每个人的生活发生联系。

对外界来说，塞林格不留余地的退隐是一种困惑，这种困惑留下了神秘的空白。而神秘，越发激起了大众或隐或显的窥私欲望。这一桩事先张扬的隐居事件几十年来风波不断。尽管塞林格一次次请求不要扰乱他的生活，但仍有很多人希望由自己而不是其他什么人亲手填补上这神秘的空白。塞林格的静默与他 20 世纪 50 年代凭借《麦田里的守望者》《九故事》等作品在读者心目中形成的引力合二为一。他越是沉默，天地间就好像越有了更多的人声与风声，他的传奇故事也就越来越神秘。尤其 21 世纪以来，他的名字在美国文化里几乎演变成退隐的同义词，他成了美国最著名的隐居者，大家对塞林格本人的痴迷程度甚至超过了对其作品的研究。

撇开诸多琐碎的生活表象，我们不难发现，塞林格之所以成为传奇作家，一是神秘的倾向，一是与之相关的信念。而这些因素都能从战争中找到根源。他的专业写作就是精神上的演练。塞林格从未从战争恐惧中恢复（塞林格 1944 年登上运兵船前往英格兰，其后登陆欧洲，连续作战 11 个月）。埃德蒙村之战、圣洛之战、"血腥的默廷"、赫特根森林之战、突出部战役、臭名昭著的集中营，都在塞林格身上留下了无法抹去的灼痕。战争是一场噩梦，噩梦之后没有人不被灼伤。九死一生的塞林格见证了大批无辜者的死亡，他感慨道："你大概一辈子都无法把火烧人肉的味道从鼻子里清掉。"尤其赫特根森林之战，进入时3080名官兵，死里逃生活下来的只有563人，幸存下来的几乎全部变成了"沉默的人"。那次战役后，海明威连续数年无法写作，塞林格的性格也发生了巨大变化，出现了疏远他人的迹象，回避与他多年来往的朋友，一生都在不停写信的塞林格甚至中断了与家人和朋友的通信。

与海明威一样，塞林格的战争创伤后遗症终其一生都未痊愈，幸存者战后与内心敌人的斗争更加艰苦卓绝，内心的战场也是地球上最孤独的地方。塞林格们在战争中流尽鲜血，在和平中却寸步难行。凡是他们碰到的东西都变成了坚硬的孤独。也许唯有永恒的孤独，才有可能逃离岁月不懈的追捕。战争结束时，塞林格鼻子受伤，还几乎成了聋子。夜一直在持续，它不知道何谓黎明。他尝试过自救，向跟他有同样遭遇且自救不暇的海明威伸出过求助的手。巴黎解放的时候，塞林格与海明威相遇，两人一直通过书信联系，直到海明威自杀身亡。塞林格也曾住院接受精神治疗，他更试图用写作对抗抑郁症，对抗恐惧感、虚无感以及绝望感。他创作了大量与战争有关的小说和诗歌。1946年年末，塞林格开始研究佛教中的禅宗和神秘的天主教教义。宗教固然为他提供了战后的心灵慰藉，但同时使得他的小说越来越神秘晦涩。我们只有面对了塞林格身上那个勇敢的士兵，才能正视这个充满创作力的灵魂缘何变成了不希望被别人侵犯的隐士。

《麦田里的守望者》出版后，沉迷禅宗、印度教的塞林格对媒体的干扰和公众的好奇感到厌倦和恼火。私底下他渴望获得读者的认可和关注，但在公众场合又十分排斥宣传自己。颇具讽刺的是，这种首鼠两端的状态贯穿了塞林格的一生。塞林格惧怕与人接触，一出家门就惶恐不安，总怀疑有人监视自己。通过《福音书》获得的感悟并没有使他摆脱抑郁。塞林格疲惫、孤独、焦虑、失望、不合群、不相信他人、没有安全感，孤独造成了他的抑郁，抑郁让他不得不远离他人，结果又加剧了滋生抑郁的孤独感，孤独感导致的离群索居又加大了神秘感，而为神秘感添枝加叶的正是塞林格对隐私的狂热保护。

云头成了高山绝顶上的阴影

塞林格对隐私不可理喻的保护，部分地源于他的父母。父母对身世三缄其口，塞林格姐弟甚至不知道母亲的出生地。原生家庭对隐私的过度忌讳使塞林格耳濡目染，他在一些重大表格中甚至填写虚假信息，并且对任何冒犯他隐私的事零容忍。

一国内编辑曾撰文详述过与塞林格的交往，极能体现塞林格的个性。他说他们通过版权代理公司落实《逮香蕉鱼的最佳日子》的版权后，在签约过程中代理公司突然通知合约得重新签，因为塞林格在合约上加了几点要求。大意是：中文版封面上不得使用任何照片、绘图；全书不得有作者简介；不得有序言、后记之类原书没有的内容；不能在封底等位置引用他人的评语；封面上的书名必须放在作者名字上面，而且字号得比作者名字大。其实，塞林格提出这样的要求，并不意外。塞林格本性敏感，恪守自己的契约式生存方式。他不允许任何人未经他同意修改他小说的标题，为此不惜与擅自改动他小说标题的刊物翻脸断交。甚至，他的小说连标点符号都不允许改动。英国版《九故事》将书名换成《为艾斯美而作》，塞林格十分不快，出版社还画了艾斯美的一幅肖像用作封面，更令他恼怒。他固执地规定封面上不得安排小说中的人物，也不准有作者照片。《麦田里的守望者》第二版之后，按塞林格的要求，他的照片不再出现在封面上。

1967年，塞林格听闻德克萨斯大学校长兰塞姆收购了一批自己的手稿，包括写给伊丽莎白·默瑞的40封私人信件，大为震惊，马上着手限制公众接触兰塞姆的收藏，尤其是他写给默瑞的信。这次事件后果极为严重，他决心再也不让他的信件落入收藏家之手。

塞林格的杯弓蛇影绝非小题大做，私人物品尤其是名人字画、书信常会引发归属权争议，而此类争议又颇为棘手。其中涉及真伪鉴定、归属权、著作权、隐私权等诸多问题，而与此相关的法律条款则显得相对软弱、抽象、滞后。一些书信由于年代久远归属权难免存疑。对尚健在的名家来说，即便手稿所有权已经转移，写作者仍然享有著作权。并且，书信常涉及隐私，被无筛选地公开或拍卖十分不妥，很容易被别有用心的传记作家或热衷贩卖作家隐私的人利用。塞林格请他的经纪人桃乐茜销毁他写给她的每一封信。桃乐茜在1970年毁掉了500多封塞林格的来信。塞林格大概也向其他朋友和家人发出过同样的请求，威廉·肖恩（《纽约客》编辑）与他的通信，《纽约客》与他的往来信件，他写给母亲的家书，后来皆一封不见，造成文学史上无法弥补的损失。1970 年之后，在桃乐茜一丝不苟的协助下，塞林格销毁了每一件与个人隐私相关的材料。这些做法非但没有减弱塞林格的影响力，反而使他越发传奇化。

从另一个角度说，抛开信件涉及的历史背景和历史事件（这是信件重大意义的一部分），信札常折射出名人不为人知的真性情，其浓厚的人文情怀、志趣思想是真实历史的存根，具有极高的历史文献价值，而其深具内涵的艺术性和珍稀性又颇受收藏家青睐，将之人为毁掉或束之高阁会造成艺术史上的巨大遗憾。涉及具体案例，还需结合法律法规、拍卖行规、社会舆论等综合权衡。以名人书信为例，中外拍卖场上引起争议的案例已然不胜枚举：法国前总统密特朗的书信因遗孀和社会党强烈反对被撤拍，屠呦呦信件被拍卖事件因屠呦呦的反对被撤拍，钱钟书杨绛书信和手稿被拍卖案最终杨绛胜诉……受信人或信件所属人想要公开或拍卖名人信札，至少应得到著作权人以及涉及隐私部分的当事人同意。德国版权法在这方面的规定较为完善，著作权被延长到作家去世后 70 年，相对来说可以避免很多纷争。为避免让名人书信失去得到更好保存的机会，收藏者将信件卖给政府（圣雄甘地生命中的最后一封信被直接出售给印度政府）或捐给（卖给）博物馆不失为一种不错的方式。

1974 年，一群塞林格迷收集了塞林格的 21 个短篇小说，编成了一部盗版的《J.D. 塞林格集外集总览》，塞林格通过《纽约时报》发表声明，要与非法出版商和 17 家大书店打官司。随后，法院下令禁止发行和销售盗版小说集。事与愿违的情况屡屡出现，读者已经不把塞林格当成作家，而是把他当成了传奇，甚至当成了苦行修道的圣徒。塞林格越是紧紧护住隐私，越是想从公众视野退出，公众越是好奇不已，大爆其隐私的事件也就越多。

塞林格的女儿玛格丽特曾未经父亲同意，出版了一本《梦的麦田里的守望者：一本回忆录》一书，披露她父亲是病态的以自我为中心的人，虐待她母亲，不允许她走亲访友，饮食偏执，还喝自己的尿，等等。塞林格的儿子马特否认了他姐姐的描述。塞林格毫不犹豫将女儿告上法庭。1986 年 5 月，兰登书屋宣称将出版一本伊安·汉米尔顿撰写的未经塞林格授权的传记，塞林格知晓后立即诉诸法律，尽管塞林格胜诉，但诉讼过程中泄露了大量塞林格的隐私，包括他的一些生活细节和私人信件的内容，其中就有对卓别林和乌娜的黑化和攻击。他在这场官司中付出的代价和受到的伤害一言难尽。1987 年，汉米尔顿将传记换了个新名字《寻找 J.D. 塞林格》公开出版，传记不仅没有实质性改动，还把矛头指向了塞林格。因把打官司的事补充了进去，竟占据了头版新闻，销量翻了数倍。就连《纽约时报》也不无感慨地指出：“塞林格先生还不如让他们引用他的书信，那也比报复性地使用好。”

一个对名人隐私有着过度需求的社会无疑是病态的。作家首先是人，是人就有瑕疵。一个真正的读者了解一个作家最正确的途径就是阅读他的作品，而不是挖掘其在人格或人性上的弱点和缺陷，满足自己的猎奇心理。对超越时代的文化名人，他所处的时代应对其有更多的包容和爱惜，而不应以传播显扬名人的声誉为名，引诱他、利用他、榨取他、糟践他、毁坏他。不可否认，过度解读一个文化名人，是一种极不正常的畸形文化需求。作家难免有至暗或邪恶的一面，但阴影遮不住光芒。正如尼采所言："等待云头从高山绝顶之上移去，然后太阳接着照临。"

让人深思的是这件官司的后遗症。有人问汉米尔顿，下一部传记写谁，他回答还没定下来，但"有一点可以确定，那个人至少要死亡一百年以上，不然不写"。我相信，很多有隐私意识的名家听了这话一定会不寒而栗，逝去之人是不会说话的，他们唯有沉默。他们无法争辩无法说出真相，戈培尔效应会让传记作家的文字变成代代相传的"事实"，传记作家的想象看似使作家们变得有血有肉、"多维立体"，但对艺术史和作家们来说贻害无穷。作家们活着时像捍卫生命一样捍卫的隐私，死后极有可能被歪曲、被误读，甚至被无中生有。

美国作家罗伯特·希纳肯伯格写过一本《伟大作家的秘密生活》，首次披露拜伦、狄更斯、莎士比亚、叶芝、威廉·伯勒斯、刘易斯·卡洛尔、阿加莎·克里斯蒂等知名作家的一些"绝对隐私"——莎翁冒充朋友与美女偷情，拜伦痴迷收集情人"隐私物"，狄更斯喜欢访问太平间和谋杀现场，克里斯蒂患有一种罕见的书写困难症……畅销书作家欧文·华莱士也写过《名人隐私录》，揭露名人不为人知的另一面。这些借名人“生蛋”的“厕所文学”数见不鲜，而天堂里的作家们对这些八卦却哭笑不得。

“死无对证”也成为一些擅长“消费”名人的“隐私贩子”肆无忌惮地虚构和臆造的挡箭牌。他们打着学术的幌子，迎合“窥私癖”的需求，与出版商暗通款曲，创作不负责任的短路文本（虚构文本和真实文本直接混合在一起），达到名利双收的目的。他们要么编造一些名人轶事，使他们的写作对象莫名被圣化成教化工具，变身励志榜样或道德模范（这在科学家的传记中很常见）；要么捕风捉影，对名人隐私添枝加叶做饕餮式解读。很多名人的形象渐渐脱离了历史真实，成为一种符号化象征或多重人格的例证。即使是一些文学研究机构的专家也不乏“文学狗仔”，他们对作家的创作研究不求甚解，却热衷挖掘名人轶事、名人隐私。真正研究文学的人越来越少，研究名人典故和名人传奇的人却越来越多。

渴望隐匿在大众视线之外

“他倒下，脸埋在肥沃的、辣蓬蓬的麦田松土里——生生不息的土地——回到他母亲的子宫里。”

金黄的麦田中，一个孤独的灵魂、疯狂的艺术朝圣者举起了手枪，枪声倏然响起，黑色的群鸦划过低沉的天际。如此凄美的画面，满足了大众对于艺术家的一切幻想。在流传了 100 多年的关于梵高的故事里，他人生的终点最具噱头和传奇色彩。事实上，关于梵高死亡的诗意描述来自于传记作家欧文·斯通根据梵高生平改编的传记体小说《渴望生活》（中文版加上了原书并不存在的“梵高传”副标题）。传奇的一幕不过是谎言，想象的画面源于梵高去世十几天前所画的一张遗作——《麦田群鸦》。

王尔德曾说，世界上只有一件事比被人臧否更糟，那就是不被人臧否。换言之，谁也不会去踢一只“死狗”，只有名人才会被人臧否，而不被臧否是因为还不够出名。文艺世界里的“傍大款”

现象虽是司马昭之心，但仍有无数人趋之若鹜，仿佛围着名家打转自己也就高人一等。文学评论界尤甚，很多评论家对那些活生生的新文学、新出现的文学现象文学新人懒得关注，一味钻在故纸堆里搜寻名人隐私的一鳞半爪，渐渐失去了评判新事物的能力而浑然不觉，导致文学研究越来越偶像化、娱乐化。

读者们长年累月痴迷于名人传记，那些来自亡者的“新闻”层出不穷。我相信很多读者未必读过萨特的《存在与虚无》或波伏娃的《第二性》，但对萨波的契约爱情津津乐道。两人也许不会料到，他们生前的信件几乎全部被公之于世，关于两人情史（包括各自情史）的书不下十几本，传记作品（国人翻写的居多，比如《萨特传》《波伏娃画传》之类；也有美国人写的《面对面》，法国人写的《波伏娃·激荡的一生》之类）更是不断推陈出新。在《面对面》里，波伏娃将近30次哭得差点儿噎死（我严重怀疑作者有洞穿历史的超能力），不知道九泉之下的波伏娃看到如此多的传记会痛哭多少次呢？

嗅到商机的传记电影近几年来大行其道，《梵高》、《弗里达》、《埃贡·席勒：死神与少女》、《莫扎特传》、《我不在那儿》（鲍勃·迪伦的传记电影）、《卡波特》、《王尔德》、《莎翁情史》、《拯救毕加索》……人们通过电影而不是艺术家的作品来了解这些响亮的人物。对艺术家背后蕴藏着的巨大附加价值的诉求体现了一个民族和一个时代蕴藏着的价值系统与序列，而“一个民族和一个时代的质量往往取决于这个民族和这个时代的审美愿望、审美能力和审美水平”（苏珊·桑塔格语）。

大众对塞林格的狂热膜拜同样越出了文学的范畴，热爱塞林格作品的读者们本应是文学的麦田里的守望者，本应守住这个世俗世界的最后一片净土，然而塞林格的崇拜者们日益扩延的“堕落”需求无疑刺激了“文学狗仔”们。对塞林格来说，世界上比被人臧否更糟的一件事，或许就是隐私被曾经的亲密之人反复出卖。

1998 年，乔伊斯·梅纳德出版回忆录《在世界之家里》（*At Home in the World*），中文版竟然意译成《我曾是塞林格的情人》，炒作之心昭然，描述了她与塞林格 8 个月共同生活的若干细节，塞林格被描述成控制欲极强、爱占女孩便宜的冷漠之人。书中说塞林格沉迷于顺势疗法，饮食极其挑剔，早餐只吃冷冻豌豆，晚餐则是半熟的羊肉汉堡。尽管这只是梅纳德的一面之词，真实性遭到质疑，但读者还是津津有味地在字里行间窥视揣摩着塞林格，窥探心理的满足消解了他们对事实真相的探究，塞林格无疑又成了消费品。让塞林格恼火的事接二连三。1999 年 6 月 23 日，梅纳德把她与塞林格 1972 年的通信送到拍卖行，14 封信拍出了近 20 万美元。梅纳德的逐利之心路人皆知。回看塞林格之前让桃乐茜销毁书信的行为，我们就不难理解塞林格彼时的焦虑和担忧。塞林格不是阿喀琉斯，没有在冥河水中浸泡过，不可能刀枪不入。英国诗人 W.H. 奥登在读英国诗人 A.E. 豪斯曼书信集时，看到一部分信札已被收信者也是其遗孀烧毁了，因为内容涉及作家的隐私。奥登很赞赏烧毁书信的行为。他认为对一个作家来说，最重要的是作品，而不是作家的生活，尤其是隐私。从尊重人性的角度，我很赞同奥登的观点。

1976年，《Soho周报》放言说，托马斯·品钦就是塞林格的笔名，此说法流传很广的原因之一是品钦也是一个非常注重隐私的人。他与塞林格一样，对个人生活讳莫如深，尤其反感被别人拍照（塞林格亦然）。第一部长篇小说出版后即远离媒体和公众视线，他早年的照片和档案亦离奇消失。塞林格的粉丝们附会出很多托马斯·品钦就是塞林格的证据，逼得品钦数次亲自出面澄清。《Soho周报》也为造成的混乱道歉。

与J.D.塞林格和托马斯·品钦一样，对隐私有着极端追求的意大利最受欢迎也最神秘的当代匿名作家埃莱娜·费兰特，也许是吸取了塞林格深陷多场隐私权官司的教训，也许是仿效塞林格隐居引发的轰动效应，目的是为了引发未来更大的关注（有人认为不做媒体宣传本身也是一种宣传策略，而且这种身份的神秘性给她的作品带来了一种光环，但前提是作品一定要出类拔萃），抑或只想享受写作的乐趣压根不想出名，自1992年发表第一部长篇小说《麻烦的爱》开始，这位署名“埃莱娜·费兰特”的作家就一直隐匿在大众视线之外，身份至今成谜，甚至性别也不为人确知。媒体凭借作者2011年到2014年每年一本的频率出版的四部情节相关的自传性强的小说“那不勒斯四部曲”来推测其是女性。2015年，埃莱娜·费兰特被《金融时报》评为“年度女性”。

2016年，《时代周刊》将其选入“当今世界100个最具影响力的人物”榜单。早在出版处女作前，费兰特便就拒绝宣传一事致信“她”的编辑桑德罗·费里：“如果这本书有些价值，那就足够了。我不会参加座谈会和讨论会，如果我受到邀请的话。我不会去领奖，如果我得奖的话。我不会推销这本书，尤其不会上电视，无论在意大利——应该会有这种需求——还是在国外。我将只通过书写参与，但我也将尽力把这种参与控制在极小的程度。”

随着爆款作品“那不勒斯四部曲”的走红（在全世界卖出五六百万本），不走捷径的埃莱娜·费兰特的真实身份也成了当代意大利文坛的最大谜团。作为极少数知道其真实身份的费兰特作品的出版者桑德罗·费里对那些挖空心思要查出费兰特真实身份的行为感到费解、震惊和恶心。他质疑道：“为什么一定要去打扰一个只想好好写书、不想出风头的女作家？”“去一个决心避开公众的作家钱包里翻来找去，我认为这种做新闻的方法是可耻的。”与费里持同样态度的普利策小说奖得主、美国作家裘帕·拉希莉在给费兰特的公开信中写道：“您是一个能够只通过您的文字与世界沟通的作家，这是多么美妙的事情啊！如果我有同样的勇气，我也想用同样的方式去从事我的文学事业。”

不容回避的是，拜伦、狄更斯、莎士比亚、塞林格等人的遭遇极有可能在费兰特身上重演，其现在躲在匿名后无需面对的一切，将来也许会以面目全非的方式供人消遣，招人非议。费兰特的作品大多描述女性生活中那些最为私密的生活，那些作为妻子、情人、女儿和母亲最隐晦、最难以讲述的事件与情感，小说“揭露隐私”的属性本身就充满了话题性，费兰特未来被过度解读和挖掘的可能性极大。而到那时，这个不想公开真实身份的作家注定身不由己，百口莫辩。事实上，2016年就有人声称通过线人获得了那不勒斯系列的出版方给安妮塔·拉哈(Anita Raja)女士的汇款记录，通过对汇款数据、安妮塔·拉哈的消费情况以及拉哈的出生地、工作经历、女权主义倾向与作品的关系等作了一系列分析，推测出安妮塔·拉哈就是费兰特。

如今，在大数据时代，要揭开一个人的真面目更是易如反掌。1993年，《纽约客》杂志封面刊登过一幅著名的漫画，一条黑狗在电脑前敲击键盘，眼神望向椅子边的另一条花斑狗，配句是：“在互联网上，没人知道你是一条狗。”然而很快，即使是一只苍蝇，也很容易被“键盘侠”分辨出公母。各类艳照、视频时不时占据热搜，文艺作品盗版猖獗，似乎没人关心隐私权。只要针没有扎到自己身上，就没有人感觉到痛。“人肉”成了热点事件中最常见的暴力行为，网民极容易陷入所谓的群体正义中。支付宝、微信、美团、网易云音乐等若干网络平台近几年推出的年终总结，已将用户的私密信息条分缕析，隐私的边界不断外延，互联网看起来比你还了解你自己。新闻类、购物类平台更会根据大数据挖掘每个人的性别、职业、喜好、性格、消费习惯、消费能力等，从而进行个性化推送，迎合和操纵受众的思维，使人成为技术的奴隶。手机APP“越轨”获取的用户信息，已成为公民个人信息泄露的主要渠道，由此衍生出的庞大“黑灰”产业链蓬勃壮大，对个人信息的各种商业利用已远远走在了隐私保护前面，这无疑潜藏着巨大的风险。数据显示，2016 年，因数据泄露等原因造成中国网民的经济损失高达 915 亿元。在现代社会，公共生活几乎完全覆盖了私人空间，任何人在大数据面前都无处躲藏。

没有翅膀的鸟儿，不理解自由有何用

1956年，法国作家罗曼·加里凭借《天根》获得龚古尔文学奖后，因被盛名（外交官、名作家、战斗英雄）所累，他渴望隐身成另外一个人。他瞒着世人用Emile Ajar、Fosco Sinibaldi、Shatan Bogat等笔名发表作品。孰料，1975年罗曼以Emile Ajar的名字发表的《如此人生》再次荣膺龚古尔奖。他不得不以各种理由拒绝领奖。迄今为止，罗曼是唯一两度获得法国龚古尔文学奖的作家。1972年，为了挽救因被美国联邦调查局（FBI）迫害而患了抑郁症的前妻——演员珍·茜宝（为报复她对由非裔美国人组织的美国左翼黑人民权组织黑豹党的支持，FBI监听她的电话，搜集她的隐私，放假消息给媒体，诋毁她的公众形象），罗曼力邀她主演自己的电影，试图将她从疯狂的边缘拉回，未料这部电影仍遭到公众的口诛笔伐。罗曼对舆论的无耻、社会的冷酷感到心灰意冷。1974年，罗曼以Emile Ajar的笔名发表了作品《大亲热》。主人公库森每天上下班，穿戴与他人相似的帽子、外套、西裤。努力与周围协调，“把自己藏起来”，已然成为人们的生存策略。不经意间，人被客体化，存在感淡化，爱的情感稀缺。具有尖锐性、排他性的个人感受难觅踪影。罗曼想要通过匿名写作重塑自我、延续精神世界的愿望却导致了悲剧结局。公众不遗余力地想挖掘出 Ajar 到底是谁。不允许人喘息，将人慢慢压垮的孤独感席卷了罗曼。1980 年，在珍·茜宝自杀一年以后，同样患了抑郁症的罗曼在巴黎的寓所饮弹自尽。他最终没有能拯救珍，也没有能拯救自己。

没有翅膀的鸟儿，不理解自由有何用。历史上，作家们曾有过战战兢兢如履薄冰，随时有丧命之虞的时代，而在如今开放自由隐私保护却并不健全的现代社会，作家本应有的“隐藏自己”写作的自由，不被抄袭盗版所困扰的自由，免于隐私被泄露带来的恐惧的自由，仍然通通成了奢望。侦探小说女王阿加莎·克里斯蒂在 1934 年到 1949 年曾以玛丽·韦斯特马克斯之名创作了 6 部非侦探小说，她的想象力打开了另一扇让她感到快乐的花园之门。但“文学狗仔”们还是千方百计曝光了她的真实身份。她就此关闭了她最为隐秘和宝贵的那扇另类想象之门。美国女作家艾丽斯·谢尔登曾以詹姆斯·提普垂这个男性化笔名创作了 10 年的科幻小说。这个假名字假身份给她带来了性别倒错的自由感以及丰富的想象力和活跃的创造力。20 世纪 70 年代末期，隐私挖掘者们挖出了谢尔登的真实性别和身份。谢尔登感觉自己身上最重要的一部分被杀死了，她再也无法驰骋她的想象之心，她向一个朋友承认，“内在的门关闭了”。1987 年，她朝睡梦中的丈夫开枪，然后自杀。

被誉为拉美艺术界女版“教父”的艾玛·雷耶斯是一个从小就被遗弃的私生女，生就一双洞察人性和周遭世界的眼睛。19 岁时，目不识丁的她终于逃出了修道院。1949 年，她在塞纳河左岸举行个人画展。最后一位参观者姗姗走出展厅后，留下了他已为世人熟悉的签名——毕加索。雷耶斯与塞林格一样喜欢写信，一生中写过几百封信。她天生会说故事，又有在与世隔绝的环境中练就的丰富想象力，她将在生活中挨过的无数耳光化成了信中一个个精彩的故事，有幸收到她书信的朋友都如获至宝。爱画自画像的弗里达、文青偶像萨特和著名导演帕索里尼都是她一生的挚友。她其中一位朋友、哥伦比亚学者赫曼·阿西涅加斯对好友的文笔叹服不已，不惜打破守密誓约，把这些私密信件给马尔克斯看，马尔克斯惊为天作，激动地打电话给她，鼓励她一定要把书信集结成书，并继续创作。雷耶斯却大发雷霆，愤而拒绝，停笔二十多年。朋友的出卖深深伤害了她，更重要的是她觉得隐私受到了侵犯。临终前，艾玛终于同意将书信出版，并将所得全部捐给哥伦比亚一家慈善机构，帮助那些和她童年一样匮乏的孩子们。

隐私权作为一种基本的人格权利已成为社会共识，受法律保护。隐私权也是一个人完整人格不可或缺的一部分。失去了隐私权，人格就不再完整，精神损害难以预料。“在一个共同体中，个人之事就是全体之事，是每个人都有权知道的”（彼得·盖伊语），这种旧观念已然翻篇。“在汹涌人潮中保有隐私是城市生活的标志”（简·雅各布语），才是现代世界的理念。我倒是想将简·雅各布的话修改为“在汹涌人潮中保有隐私是文明的标志”。然而，身处这样一个时代，生活中完全拒绝让渡任何个人信息也是不可想象的，隐私与生活便利、隐私与公众知情权、隐私与文学遗产之间又充满矛盾，如何平衡隐私与诸要素之间的关系，让隐私保护跟上大数据时代，大部分人还缺乏足够的经验、意识、能力和智慧，只有公共管理部门介入，并通过具体而细致的制度建设，才能在某种程度上平衡这些矛盾，让信息交换过程变得更可控。

一堵墙对另一堵墙说了什么

2010年1月27日，91岁的塞林格逝世。不幸的是，与塞林格相关的一切再次成为热点，道听途说的消息肆意流传。一些他生前从未公开的照片一下子涌了出来，关于塞林格的纪录片和电影也纷纷出炉，塞林格的短篇小说也通过非法渠道冒了出来。而这些都是活着的塞林格最不能容忍的。但现在，天堂里的塞林格束手无策。半个世纪以来被压制的崇拜之情以塞林格最不能接受的方式宣泄了出来。值得一提的是，他的去世并非没有积极影响。人们掀起了新一轮阅读塞林格作品的热潮，购书网站不仅售出了库存的所有《麦田里的守望者》，塞林格的其他作品也全部脱销。这倒是塞林格一直以来希望的，他希望人们关注他的作品而不是他本人。

每个人心中似乎都有一片荒芜的幽暗之地，留给那个陌生又寂寞的自我。我们追逐光明，也追逐黑暗。我们非议别人，也被别人非议，甚至我们也将非议我们自己。在我最喜欢的塞林格的短篇小说《献给爱斯美的故事——怀着爱与凄楚》中，那个叫查尔斯的小男孩总爱说一个谜语：猜猜看，一堵墙对另一堵墙说了什么？答案是：在拐角处见。

每棵树都是自己声音的囚徒

作家与心理危机

春天荒凉地躺着。
绒黑的沟
在我身边爬行，
没有镜影。
唯一闪烁的
是黄色花朵。
我被我的影子拎着
像一把提琴
被自己的黑盒拎着。
我唯一想说的
在无法触及的地方闪烁，
像当铺里的银器。

——特朗斯特罗姆《四月与沉寂》

艾略特说，四月是最残忍的季节。

对作家而言似乎尤其是。四月成为文学史链条里许多文人生命最凋敝的节点。海子卧于冰冷的铁轨，川端康成口含煤气管而去，马雅可夫斯基举枪自尽，保罗·策兰飞身跃入塞纳河，卡琳·博耶走向冰冻的林地……深受艾略特影响的2011年诺贝尔文学奖得主，被誉为“20世纪西方最后一位诗歌巨匠”的瑞典当代最优秀的诗人托马斯·特朗斯特罗姆在临近四月，同样走向沉寂和荒凉。

《四月与沉寂》一诗交错着特朗斯特罗姆诗歌中常见的对立意象，和煦的春天与荒寂的死亡遭遇，就像一种颜色遇到了另一种颜色，无声地渗透，静默地相融。图像化的语言，具体且深刻的隐喻以及巨大的张力，使得好诗诞生的刹那，如“毛毛虫的脚消失，翅膀打开”。

瑞典文学院授予特朗斯特罗姆诺贝尔文学奖的理由是：“他以凝练、简洁的形象，以全新视角带我们接触现实。”特朗斯特罗姆独特的诗歌并非仅是对现实具有超敏感的表达，更使得现实具有了一种哲学的超验与生命的体验相结合的微妙而令人颤悸的黏合力，以及让心灵发生扭转力的功能。诗歌的一切要素在他那里，仿佛是给读者组合了一架自由翻飞或俯仰无碍的飞行器，于世俗与宗教之间自由穿梭，语言具有不可抗拒的魅力。

瑞典虽是一个只有一千多万人口的小国，但丰饶的文学土壤孕育了众多世界级文学大家。早在特朗斯特罗姆之前，瑞典已有数位获得诺贝尔文学奖的作家：塞尔玛·拉格洛夫、维尔纳·冯·海顿斯坦、埃里克·阿克塞尔·卡尔费尔特、帕尔·拉格克维斯特、哈瑞·马丁松、埃温德·雍松。未获诺贝尔文学奖的奥古斯特·斯特林堡和贡纳尔·埃凯洛夫同样是世界文学之林不可忽略的大树。但令人唏嘘的是与巨大的文学成就相逆的大多数瑞典作家多舛的个人遭际。

早年丧母，在瑞典文坛独领风骚四十年的小说家奥古斯特·斯特林堡，经济窘迫，三度婚姻的波折使他一度陷入精神错乱。天才诗人古斯塔夫·福楼丁一直处于与从父母那里继承来的精神疾病的搏斗中。诺贝尔文学奖作家帕尔·拉格克维斯特曾自白“苦闷是我的遗产”。被未婚父母遗弃的诗人雅尔玛尔·古尔贝里在被重症肌无力折磨了3年之后，选择自沉于家门前的湖里。1974年和马丁松分享诺贝尔文学奖的埃温德·雍松，从小寄人篱下，最后的岁月被获奖后巨大的质疑阴影笼罩，郁郁而终于他一生所恐惧的已夺去他父亲、弟弟和妻子生命的肺病。被哈伽·欧松誉为“给瑞典诗坛带来生气的燕子”的诗人、小说家卡琳·博耶难以摆脱性倒错带来的困扰，她选择了膜拜灵魂，便放弃了世俗的生命。诺贝尔文学奖得主哈瑞·马丁松从小尝尽人间苦涩，漂泊孤独的灵魂在获奖后仍然找不到栖息之地，一把剪刀让他摆脱了尘世之苦。诗人、散文家贡纳尔·埃凯洛夫以终生酗酒来摆脱父死母嫁未婚妻移情雍松的残酷现实，他怀疑宗教，认为生命是不可能的艺术。自称没有信仰永不能成为一个快乐的人的天才作家斯蒂格·达格曼与古尔贝里一样，是个非婚生子，被抑郁束缚而自杀。联合国专家曾预言，没有任何一种灾难能像心理危机那样带给人们持续而深刻的痛苦。

德国剧作家毕希纳有一句名言：“每个人都是一个深渊，当人们往下看的时候，会觉得头晕目眩。”获得过毕希纳文学奖的德语诗人保罗·策兰在跃入塞纳河前，在书桌上放着的《荷尔德林传》翻开那一页的一段话下面画线：“有时，天才会走向黑暗，沉入内心的苦井。”暗合了他在接受毕希纳文学奖致获奖辞时引用的一句话：“死亡作为自我解放到来了。”作家本就不是选择轻松生活的人，不愿随波逐流的秉性使以笔发声的他们有着比常人更为敏感和孤独的心灵，越是自省的人情绪越易大起大落，活得也就越痛苦，他们难以摆脱“以物喜，以己悲”的状态。种种激烈的情绪体验往往导致很多作家在精神上处于一种周期性或长期性的歇斯底里的病态。他们是悬崖边的舞蹈者。死亡是特朗斯特罗姆诗歌中反复出现的一个主题，从他的全集的第一首诗《序曲》中的“醒，是梦中往外跳伞 / 摆脱令人窒息的旋涡……”到最后的俳句“死神俯向我——/ 一盘尴尬的棋局 / 找到了对策……”死神的影子始终若隐若现。

对这世界了解得越多，看得越清楚，越是这世界的弃儿。

《麦田里的守望者》译者孙仲旭在得了抑郁症选择主动离开这个世界前，曾在微博里引用过德国哲学家尼采的一句话：“与恶龙缠斗过久，自身亦成为恶龙；凝视深渊过久，深渊将回以凝视。”我曾关注过他的微博，看他推荐的书和分享的电影，阅读他翻译的某个片段。他一度着迷于已完成翻译并已出版的雷蒙德·卡佛和理查德·耶茨的作品，并把书中的句子反复贴在微博上。而雷蒙德·卡佛和理查德·耶茨都是灰色的，他们作品中表达出的没有希望的人生的焦虑和伤痛以及传递给读者的冷彻骨髓的寒意，毫无疑问加重了孙仲旭的“文人病”。而在他弃世前的一个月，他在微博上同一天贴出了乔治·奥威尔的两段话：“在一个合理的世界上，一位作家表达完意见后，会去从事另外一种职业。在一个竞争性强的世界，他就会像一个政客一样，觉得退出就意味着死亡。”比如马雅可夫斯基、法捷耶夫……“很多作家，也许是大多数作家，过了中年后完全应该停止写作。不幸的是，我们这个社会不让他们停下来。他们大多数人根本没有别的谋生之道，而写作以及那么多随之俱来的——吵架，对抗，好听话，作为一个半公众人物的感觉——令他们欲罢不能。”比如菲茨杰拉德、达格曼……

抑郁症是个很难摆脱的烦恼，它是一种负面、不愉快的情感体验，也是人性的一部分。它是以情绪低落、思维迟缓、活动能力减退为主要特征的一类情感障碍。它以越来越高的杀伤力、致死率，成为21世纪除了癌症、艾滋病之外的第三大疾病。据世界卫生组织调查显示：抑郁症的自杀率高达50%。每个人的生命中都有可能遭遇抑郁的暗潮涌动。牛顿、梵高、达尔文、丘吉尔、戴安娜王妃、饰演过《憨豆先生》的英国著名喜剧演员罗温·艾金森等很多人都曾被抑郁击中，而富有创造力的从事文学创作的人更容易遭受精神疾病的折磨。作家因抑郁而死的比例要大得多，被抑郁直接或间接吞噬的著名作家可以列一个长长的名单：德国哲学家尼采、德国诗人荷尔德林，英国“意识流”作家伍尔夫，美国作家海明威、菲茨杰拉德、华莱士，法国“短篇小说之王”莫泊桑，日本小说家芥川龙之介、三岛由纪夫、川端康成，奥地利诗人乔治·特拉克尔，荷兰诗人阿伦茨，俄国作家列夫·托尔斯泰、俄罗斯“田园诗人”叶赛宁、被斯大林赞誉为“苏维埃时代最优秀的、最有才华的诗人”马雅可夫斯基、前苏联作家协会主席法捷耶夫，我国近代学者王国维、现代诗人朱湘、当代作家徐迟、三毛以及诗人海子……

而孙仲旭此时已对他的翻译工作感到了怀疑和厌倦，并很清楚自己的精神状况出了问题，虽住院治疗并已有好转，但最终还是被深渊长久地回以凝视。在他翻译的《麦田里的守望者》中有这样一段话：“一个不成熟的人的标志是他愿意为了某个理由而轰轰烈烈地死去，而一个成熟的人的标志是他愿意为了某个理由而谦恭地活下去。”就在他发现自己病情加重时，在跟博友的互动中，他还特意强调他把“cause”一词译为“理由”，而不是原来施咸荣先生译的“事业”；另外，他还把“man”译为“人”，而不是“男人”。他很想自救最终却并没有成功。

特朗斯特罗姆与深渊的对视

六月的一个早晨，醒来太早
但返回梦中已为时太晚
我必须出去，进入坐满记忆的
绿荫，记忆用目光跟随我
它们是无形的，它们和背景
融为一体，善变的蜥蜴
它们如此的近，我听见
它们的呼吸，尽管鸟声震耳欲聋

——特朗斯特罗姆《记忆看见我》

特朗斯特罗姆的深渊早在他童年时期就对他虎视眈眈。他在回忆录《记忆看见我》中写道，他在年近六十的时候试图回忆和穿越童年时期，却发现变得很难很危险，他感觉在接近死亡。特朗斯特罗姆的父亲在他幼年时就因离婚而离家，他和母亲搬到了南城一个中下等阶层居住的公寓，他的亲密朋友是年长他 71 岁的外公。五六岁时，家里来了一个来自南方小镇的保姆安娜·丽萨，特朗斯特罗姆才有了新的朋友。

父爱的阙如对年幼的孩童来说，的确会形成一个巨大的精神黑洞，并且，这黑洞终其一生也难以消弭。被上帝垂青的诗人，似乎注定要经受更多的磨难。第一位诺贝尔文学奖获得者，法国天才诗人普吕多姆 2 岁丧父，孤僻忧郁的葡萄牙“诗坛怪杰”佩索阿与 1974 年获得诺贝尔文学奖的瑞典诗人马丁松都是 6 岁丧父，同样优秀的瑞典诗人埃凯洛夫也是幼年就永失父爱……与母亲相依为命的小特朗斯特罗姆自卑又孤傲，懦弱又顽强。

20 世纪 30 年代中期的一天，小特朗斯特罗姆和母亲参加完音乐会后，在音乐厅出口的拥挤中，没有抓住妈妈的手而被人流冲散。“黑暗降临。我站在音乐厅外的草垛广场，失去了所有的安全感。我周围有人，但都在忙自己的事。我无依无靠。那是我第一次的死亡经验。”（《记忆看见我》）“心像一页纸飘过冷漠的过道。”（《果戈理》）惊慌之后，小特朗斯特罗姆开动脑筋，他记得来时跪在公共汽车座位上看到的窗外景色，皇后街在眼前流过。特朗斯特罗姆自信顺着原路可以一站一站走回去。他走对了方向。当他因车多不敢过马路时，他求助了站在旁边的一个男人，那男人牵着他的手把他带过马路，但随即放开了手。特朗斯特罗姆第一次认识到社会的多面性：既有安全也有危机，既有偶然也有必然，既有温情也有冷漠。他认为幼小的他能安全回家靠的是狗和信鸽所具有的内在的神秘罗盘。

和家人走散的经历，在一个孩童的心里引起的震动不啻一次死亡体验。“有时我的生命在黑暗中睁开眼睛……如同孩子惊恐地入睡 / 聆听心脏沉重的脚步 / 久久地，久久地 / 直到早晨把光塞入锁孔 / 黑暗的门一一打开”（《主啊，怜悯我！》）他已然在这死亡体验中体会到了当时对他来说最大的恐惧与无助，“我紧紧抓住桥的栏杆 / 桥：一只驶过死亡的巨大的铁鸟”（《1966——写于冰雪消融中》）但也让他从此学会了如何面对深渊。现实的残酷与无奈，人性的复杂与多变，就如同黑暗的门，在他前方一扇扇打开，而他，已然做好了迎接深渊的准备。

小学时的特朗斯特罗姆迷恋各种博物馆，喜欢收集动物标本。对教管所的猜想是大人给小孩上刑——也许会致死。当学校某个男孩被送入教管所一年返回后，他就会把他看成是从死人堆里复活的尸体。他也不想让别人知道他和其他同学的差异，即他没有一个能让同学看到的爸爸。当有一天，一位代课老师对其他同学说，不要用没有爸爸来取笑他时，特朗斯特罗姆又经历了一次瞬息的恐惧，“我听了之后，害怕起来，显然，我是一个不正常的人，我面红耳赤……我感到自己被指出与众不同的巨大危险，因为我在内心怀疑自己确实是”。他被那些正常的孩子所没有的兴趣吞没，当女教师大声提醒他画的是非常“特殊”的画时，惶恐又一次揪住了他的心。除了一些不敏感的大人老说他与众不同外，他还遭到了一个比他强壮五倍的男孩的攻击。当屡屡反抗根本无济于事后，小特朗斯特罗姆找到了让对方失望和无趣的方法：完全放松。当对方接近他时，他就自己摔倒，只留下一具可以任意按压的皮囊。

在受到伤害和攻击的时候，特朗斯特罗姆让自己“像一条熄了灯的船 / 躺着 / 与现实保持 / 适当的距离”（《坡顶》），在无人理解和相信时，他希望能像梭罗一样，“深深遁入内心的绿荫 / 狡猾，乐观”（《致梭罗的五首诗》），而在内心深处，他又渴望融入人群（为此，特朗斯特罗姆终生从事的是与诗歌无关的心理咨询师的职业），像普通人一样不被瞩目，如“一支旋律松开自己 / 迈着大步 / 在飞雪中行走 / 一切都向 C 调涌去”（《C 大调》）。

但深渊仍频频注视着特朗斯特罗姆。十五岁那年，他被黑暗淹没，浑身发抖，抑制不住地抽搐，后来恐惧代替了抽搐，可怕的脸将他围住，世界变成了一个大医院，一种邪恶的力量攫住了他。哪怕坐在最安全的房间的炉火边，他也能突然意识到死亡穿透了所有事物，从四面八方包围着自己。“有个惊恐 / 留下一条长长的惨白的彗星尾巴 / 它占据我们 / 它让电视图像模糊 / 它像冰凉的水珠聚集在空气管上。”死亡的可怕在他这首《某人死后》的诗里被刻画得细腻而形象。他此时的感受卡琳·博耶也曾感同身受，并写在《那些我身后静静的脚步》这首诗里：“假如我倾听 / 我能听见生命飞逝 / 现在飞得更加快了 / 那些我身后的静静脚步 / 死亡，那是你。”那时，他怀疑所有的宗教，“试着用音乐驱魔，开始认真地锤击钢琴”。所幸，音乐最终变成了梳理特朗斯特罗姆灵魂的梳子。而 14 岁时就被母亲预言会死于自杀的卡琳·博耶在经历了数次失败的自杀尝试之后终于借助安眠药与死亡进行了约会。冬天快结束的时候，特朗斯特罗姆的抑郁症有所缓解，生活中的黑暗慢慢撤退。终于，在一个春天的晚上，他发现，恐惧已边缘化。

说抑郁是个魔鬼并不为过，它就坐在人群中间，像个安静的偷窥者。经历了自以为是地狱，但后来证明是炼狱般折磨的特朗斯特罗姆，一直以为他在学习如何死亡，最后才发现，他一直在学习如何生存。临近知天命之年，他对死亡有了更为简洁而透彻的认识：“生活中 / 死亡有时会登门 / 丈量人体 / 拜访被遗忘 / 生活依然在继续 / 但寿衣在无声中做成。”（《黑色明信片》）在特朗斯特罗姆眼里，死亡像空气一样无孔不入，它无时无刻不在觊觎着生活：“我的岸很低 / 死亡只要上涨两厘米 / 我就会被淹没。”与如影随形的死亡达成和解，安然相处，既需要耐心，更需要智慧。就像心理学家说的那样，抑郁是你所处的一种心理状态，但抑郁并不是你本人。

1990 年，特朗斯特罗姆中风，只能说类似“是”“好的”等几个简单的词语，半身不遂的他用左手继续弹钢琴，练习用左手写诗，音乐不仅抚平了他精神上的不适，也缓解了他身体上的创伤。特朗斯特罗姆写诗本就少且慢，此后他写的诗歌更为短小、更为精炼，他甚至还尝试写了一些俳句，也尝试接受随时会来拜访的死神："一道蓝光 / 溢出我的衣服 / 仲冬 / 叮当作响的冰铃鼓 / 我合上眼睛 / 有一个无声的世界 / 有一道缝隙 / 死者在那里被偷运过边界。"（《仲冬》）我见过一张特朗斯特罗姆 2001 年 4 月在北京故宫门前拿着手杖坐着轮椅的照片，微微眯着眼，凝视着前方的眼神清澈而智慧，笑容单纯如孩子，矍铄而又平和，宁静而又神秘。也许他又欢快地隐入了高中拉丁语课上，被他称为"公山羊"的老师教他的罗马诗歌世界里——比如贺拉斯的某一节诗，"公山羊"喊道："带着平和的心态……嗯……嗯……记住，带着平和的心态……不……平和的心态……在逆境中保持平和心态……而不是相反……嗯……不，同样，在顺利……顺境中……哦，能够超越……嗯……"坦然的心态，不屈的性格，持久的韧性，终使特朗斯特罗姆穿过层层黑雾，摘取了世界文坛上众目所瞩的珍珠。

尼采认为，摆脱人生烦恼有两条路可走：一条是逃往艺术之乡，把这个奇异的世界看成是一种美学现象；一条是逃往认识之乡，这样，世界于你就是一间最合适的实验室。说这话的尼采本人最终也没有逃出精神崩溃的魔爪，他发了疯。而很多急于找到逃离烦恼路径的作家，也因自身的阿喀琉斯之踵而逃无可逃，精神上流离失所。找到认识之乡的梭罗和找到艺术之乡的特朗斯特罗姆无疑是幸运的。

诗人与凝练的艺术

一座喇嘛寺

悬挂的花园

一幅幅厮杀的画面

——特朗斯特罗姆《俳句》

《特朗斯特罗姆诗歌全集》的译者李笠曾跟特朗斯特罗姆讨论过由李笠翻译过的一个瑞典诗人，李笠问：你觉得他的诗如何？特朗斯特罗姆富有禅意地回答：“他去中国三个礼拜，回来写了一部长篇，假如我去中国三年，我会写一首短诗！”李笠说，不言而喻，一首用三年写的短诗，一定比一部用三个礼拜写的长篇要好。虽然李笠的结论明显不够严谨，经不起推敲和论证，但至少我们可以从中看出特朗斯特罗姆对待诗歌的虔诚态度。李笠曾撰文回忆称，特朗斯特罗姆的诗一般需要花几年甚至更长的时间完成，长诗《画廊》几乎用了十年，而短诗《有太阳的风景》从手稿到发表历经了七年。我觉得特朗斯特罗姆颇有唐代苦吟派诗人贾岛、孟郊的遗风。“吟安一个字，捻断数茎须。险觅天应闷，狂搜海亦枯”（唐·卢延让《苦吟》）的写作理念，中西方如出一辙。古罗马诗人、评论家贺拉斯在《诗艺》中早就写道：“诗当简短、精确。”贺拉斯认为一首没有付出长期辛苦劳动，没有压缩修改过的诗歌是应该被谴责的。

1974 年，诺贝尔文学奖颁给了当时瑞典文学院的成员马丁松和雍松，引发了瑞典舆论界的巨大质疑，当时的瑞典作家斯万·德尔伯兰克在一篇文章中说：“瑞典文学院了不起的名声如今让全球的笑声给卷走了。”犀利的批评词语甚至用到了“内部分赃”，批评之辛辣直接导致了马丁松和雍松的精神双双出了问题。马丁松用剪刀切腹自杀（虽然舆论多以为“能捕捉住露珠而映射出宇宙”的马丁松实至名归，而对雍松颇有微词。特朗斯特罗姆也认为自己的诗歌与马丁松最相像，但马丁松仍难摆脱令他窒息的压力），雍松最后的岁月也笼罩在巨大的阴影中，直到他死于一生最惧怕的肺癌（客观来说，雍松的确写出了至少包括《乌洛夫的故事》在内的三部好小说。并且，当时那些否定的评价日后已逐渐被认为缺乏公正）。此后，瑞典文学院心有余悸，不但规定所有院士不得获奖，似乎连瑞典人得奖的可能性也被剥夺了。

直到 2011 年，特朗斯特罗姆众望所归，获得诺贝尔文学奖。“几乎所有瑞典人都要哭了，瑞典人从小读特朗斯特罗姆，就像中国人读李白一样，熟悉而亲切。”瑞典文学院院士、诺贝尔文学奖评委会前主席谢尔·埃斯普马克在2015年5月19日发表于《人民日报》的文章《文学高峰何以可能》中提到，特朗斯特罗姆和马丁松从他们的老师拉格纳·图尔谢那里学来了法国超现实主义的类似电影化的文学展现手法，并很快超过了他们的老师。埃斯普马克甚至说：“如果法国超现实主义与真正的瑞典传统没有会面，托马斯·特朗斯特罗姆的诗歌恐怕也难以产生。”

被认为是超现实主义艺术创作源泉的“梦境”和“幻觉”的确是特朗斯特罗姆诗歌中不可缺少的元素。埃斯普马克举了《尾声》为例：“‘十二月 / 瑞典是一条被拖上岸的 / 憔悴不堪的船 / 它的桅杆斜立着 / 朝向黄昏的天空。’他把风景描绘成一条被拖上岸的船，这个意象贯穿了整首诗歌，于是风会抓住‘橡木的全套桅杆’做一次穿越时代的航行……”特朗斯特罗姆除了从超现实主义、象征主义、巴洛克诗歌、日本俳句等汲取了大量营养外，我觉得特朗斯特罗姆也可能从中国古典诗词中受到过启发。在诗歌意象的选取、意境的营造以及语言的锤炼方面，他的诗已然非常接近中国古典诗歌的成就。他诗歌中的隐喻独特而形象，从少年时就开始画素描的特朗斯特罗姆自认为自己的诗从形式上与绘画接近。特朗斯特罗姆的诗歌在内容上也如同绘画中的留白，极少议论抒情，并且超强的画面感也与中国古典诗歌“诗中有画”的传统一脉相承，凝练的语言堪称现代诗歌的“炼字”典范。屈原弟子宋玉在《登徒子好色赋》里写一个“东家之子”：“增之一分则太长，减之一分则太短。”用这句来评价特朗斯特罗姆的诗歌我认为毫不为过。

李笠认为这位当代瑞典诗人和中国唐代诗人的诗都具有“诗中有画，画中有诗”的特点，这并非溢美之词。特朗斯特罗姆认为“诗是最浓缩的语言……在诗歌的另一端，离诗最远的地方，则是一种充满水分的语言，比如唾沫四溅的演讲”。唐诗之所以成为我国古典诗歌难以超越的顶峰，一个重要的原因就是用最少的词语表达出了最丰富的内容，所谓“言有尽而意无穷”。人们常说音乐是没有国界的，诗歌亦然。

特朗斯特罗姆诗歌营造的意境常会让中国读者联想到唐诗中的类似表达，惊叹于特朗斯特罗姆的“求思之深而无不至也”。“一阵突起的对流风 / 窗帘舞动 / 寂静如闹钟振响”（《悲歌》），是否像极了“蝉噪林逾静”或者“鸟鸣山更幽”；“枯草丈量着雪深 / 脚印在冻土上衰老”（《脸对着脸》），是否会让你联想到“草枯鹰眼疾”或者“浅草才能没马蹄”；“天亮了 / 稀疏的树身 / 获得了色彩 / 霜打的春花 / 排成一行 / 静静走动 / 寻找在夜里失踪的某人”（《站岗》），简直和“鸡声茅店月，人迹板桥霜。槲叶落山路，枳花明驿墙”有着同一解读密码。李笠说：“特朗斯特罗姆继承和发扬了具有佛道禅意的中国古代诗歌艺术，给中国还不到一百年的现代诗带来了灵感和自信。”我认为不唯如此。

风格与自我模仿

这是春天
空气十分强大
我持有遗忘大学的毕业证书
并两袖清风
就像晾衣绳上挂着的衬衣

——特朗斯特罗姆《牧歌》

北岛认为，特朗斯特罗姆的写作不存在进步与否的问题——他一出场就已达到了顶峰。然而，我们深知，一出场就达到顶峰的诗人是不可能存在的。诗人必须不断地超越自己，否则就很容易陷入自我抄袭的泥淖里难以自拔。特朗斯特罗姆在五十年的写诗岁月里，只发表了两百多首诗歌。这对某些“每天要写一首诗”的诗人来说简直是匪夷所思的。

以宁缺毋滥为写作信仰的特朗斯特罗姆为人共知的是他诗歌中突兀精准的意象，然而，特朗斯特罗姆并非追求意象运用的唯一性。他为数不多的诗歌中反复使用了“树”“石头”“船”“大海”“梦”“雪”等常见物象，但这些物象出现在每一首诗歌中因被赋予了独特的性格、独特的音色、独特的哲学意义而又成为“唯一”的意象。特朗斯特罗姆曾经在跟他的译者李笠讨论一句诗的对译时说：“这句‘我路过一棵倒下的松树’，你用的是fallet，但fallet是自己倒下的意思。诗中的那棵树是砍伐后倒下的，这时，就应该用fällt(被砍倒)。”他还一边说一边在纸上用寥寥数笔勾勒出一棵躺着的松树，然后在上面加了把锯子。

他笔下的树，或隐喻了只奔前路忽视过程的匆忙人生：“一棵树在雨中走动/匆匆走过我们身旁/在这片倾洒的灰色中/这棵树有急事/它从雨中汲取生命……雨歇了……/和我们一样/它在等待着那瞬息——/当雪花在天空中绽开”（《树和天空》）；或揭示了天与地、远与近、个体与整体、身体与灵魂的关系：“看这棵灰色的树/天空通过它的纤维流入大地/大地狂饮后只剩下一朵/干瘪的云……”（《联系》）；或悟透人生的奥秘，获得淡泊的真意：“我继承了一座黑暗森林……但今天我走入另一座：那明亮的森林……”（《牧歌》）。特朗斯特罗姆笔下的树充满了人性与神性，他重复使用的石头、大海、风、船、墙等意象也莫不如此。对自然奥秘的探索，对“死亡”意义的诗意追寻是特朗斯特罗姆诗歌的永恒主题。这种独特的“自我模仿”诗风与简单粗暴的主题和意象的“自我抄袭”显然有着云泥之别。这种“自我模仿”显然是内容的有机部分，而不是那种本身未受挑战只是一种暧昧、无效的替代物或装饰性的东西。

苏珊·桑塔格在《论风格》里谈到风格时说：“对‘风格’的反感，常常是对某种既定风格的反感。不存在一种没有风格的艺术作品，只有属于不同的、或复杂或简单的风格传统和惯例的艺术作品。……‘有风格’这种观念，是自文艺复兴以来屡屡出现的用来解释那些危及古老的真理观、道德操行观和自然观的危机的方式之一。”如果风格变成了一个类似印刷品的无体温无气味无呼吸的符号化的表征，那所谓的风格就变成了令人生疑的过剩艺术。

苏珊·桑塔格引用惠特曼的话——“最伟大的诗人没有个人风格，他的诗歌只是他本人的自然流淌”——来阐述自己的观点。但她又说，认为存在一种没有风格的、透明的艺术，是现代文化中最顽固的幻想之一。尼采对风格所做的格言式的解释更容易为人所理解：“一种风格若能真实地传达内在状态，不错用符号、符号的节拍以及表情（一切修辞都是表情的技巧），便是好的风格。”维谢洛夫斯基更是一语中的：“风格的优点就在于用尽可能少的词构成尽可能多的思想。”

在诺贝尔奖颁奖晚宴上，莫妮卡代替丈夫特朗斯特罗姆所作的答谢词的结尾引用了特朗斯特罗姆的小诗《自 1979 年 3 月》：厌倦所有带来词的人 / 词而不是语言 / 我走向雪覆盖的岛屿 / 荒野

没有词 / 空白之页向四方展开 / 我碰到雪地里鹿蹄的痕迹 / 语言而不是词。“词”是冰凉的没有心跳的符号，“语言”是有温度会呼吸的痛。词的堆砌，句的分行，离诗真的很远很远。奥威尔说，“好文章就像一块窗玻璃”，透过明净的玻璃窗，可以看到作者所生活的那个真实世界和他的真诚思考。

哪怕作者的生活抑郁而幽蔽。

谁人不迷惘

菲茨杰拉德与出版人珀金斯

《了不起的盖茨比》是美国20世纪最杰出的作家之一弗朗西斯·司各特·菲茨杰拉德的代表作，这部小说出版前，确定书名颇费了一番周折。

菲茨杰拉德最初起名《西卵的特里马乔》。特里马乔是古罗马作家佩特罗尼乌斯的小说《萨蒂利孔》中的人物，他是一个通过个人奋斗获得成功的典型人物，慷慨大方、热情好客。表面上看来，无论是经历还是为人处世，盖茨比似乎都与之有某些共通之处。但菲茨杰拉德的编辑麦克斯韦·珀金斯并不以为然。菲茨杰拉德的妻子泽尔达给小说取名《了不起的盖茨比》，并且得到了珀金斯的支持。泽尔达绝非普通家庭妇女，她的文学才华同样不可小觑。菲茨杰拉德在1924年12月勉强接受了这个书名，但看完最后一次校样之后，菲茨杰拉德又对书名动了脑筋，酝酿并提议把书名定为《特里马乔》或《戴金帽的盖茨比》，再次被他的编辑珀金斯否决。1925 年 3 月 19 日，菲茨杰拉德再次提出以 *Under the Red, White and Blue*（《在美国国旗下》或译为《星条旗下》）作书名，珀金斯又以书已付印为由回绝。4 月 10 日，这部小说出版发行。菲茨杰拉德事后仍觉得书名不尽如人意，尽管他含糊表示这个书名“还可以吧，不算坏，也谈不上好”。

20 世纪 20 年代，是美国历史上非常特殊的一个时期，堪称一个喧嚣的黄金年代。1918 年第一次世界大战结束，美国大发了战争财，经济、社会、文化方面都得到了突飞猛进的发展。一夜暴富的神话时有所闻。变成有钱人是当时美国人的普遍梦想。盖茨比就是一个实现了“美国梦” 的暴发户，菲茨杰拉德亦然。区别只是盖茨比是通过不法途径发家致富，而菲茨杰拉德是通过文学梦的实现得以跻身富人行列。

其实就书名而言，我倒是更倾向于《星条旗下》。也许珀金斯认为《星条旗下》讽刺意义太过直接，而换成了有掩盖意味、委婉得多的 *The Great Gatsby*？或者珀金斯从图书市场的推广效果考虑，认为《了不起的盖茨比》更容易引起读者的兴趣？毕竟 Great 是个很有主观倾向性和浓烈评价性的形容词。又或者珀金斯也可能中意《星条旗下》，只是菲茨杰拉德提议此书名的时候为时已晚？

看过作品的人都很清楚，盖茨比固然是靠个人奋斗发家致富，但他做的是走私酒精饮料的不法生意，因为当时的美国还处于禁酒令的管制之下。类似盖茨比这种新生富豪，在“爵士时代”并不少见。我认为，盖茨比配不上 Great 这个词。即使从感情的结局来说，盖茨比的无谓牺牲也毫无意义，不值得称颂。能跟 Great 一词稍有联系的，只是故事的叙述者尼克（不排除珀金斯也有此想法），认为盖茨比是不同于黛西、汤姆那一类世袭大家族的有钱人，是了不起的英雄。而我觉得，如果以《星条旗下》为题目，则盖茨比的形象就非个例，有钱阶层奢华背后的空虚和无奈就有了时代共性，主人公爱情理想的破灭，人生境遇的变幻无常，无不是那个喧嚣时代人们无法逃遁的共同命运的缩影。以《星条旗下》为书名，内涵显然会丰富得多。

出版人珀金斯是作家们的伯乐，天才的摆渡人。他发现并扶持了众多"迷惘的一代"的代表作家。以《了不起的盖茨比》今日在文学界的经典地位来看，珀金斯不愧是出版行业的翘楚。早在 1919 年，菲茨杰拉德就已完成长篇自传小说《浪漫主义自我主义者》，众多编辑认为这部小说"根本无法忍受"，大杂烩式的初稿两次被出版社退回，珀金斯却敏锐地在《浪漫主义自我主义者》中发现了菲茨杰拉德极具个性的写作才华。他一边鼓励菲茨杰拉德两度按照他的指点修改作品的结构和内容，一边积极游说同事，极力劝说总编和老板，甚至断言，拒绝了菲茨杰拉德这样的青年作家，斯克里布纳出版社兴许就将停业破产，事实也必会如此。以斯克里布纳出版社固守传统的出版风格，如果只出版几个老牌作家的作品，在随后的经济萧条时期，结局不难预测。

有了金牌出版人珀金斯点石成金的手指，菲茨杰拉德的处女作化茧成蝶。1919 年 9 月 4 日，菲茨杰拉德把修改完毕的小说处女作改名为《天堂的这一边》（*This Side of Paradise*），寄给了珀金斯。贫穷的菲茨杰拉德想以此为赌注，名利双收。出乎大部分人意料的是，书一出版，就获得了巨大成功，菲茨杰拉德一飞冲天，蜚声文坛。故而，菲茨杰拉德对珀金斯的信任是毋庸置疑的。珀金斯文学视野的前瞻性、文学品位的卓越性以及把握市场走向的敏感性，随后更被数次成功的出版推广案例所证实。

1925 年，菲茨杰拉德出版《了不起的盖茨比》后不久，认识了当时默默无闻的海明威，天才作家也许有相认的密码，菲茨杰拉德认定海明威是自己的同类，并把他推荐给了珀金斯。精神上的旗鼓相当，使他们惺惺相惜。两个天才作家，一度形影不离，关系密切得让菲茨杰拉德的妻子泽尔达都嫉妒了，甚至质疑他俩是同性恋。她曾说，“他们俩在一起的样子简直就像一对情侣”。而海明威对泽尔达的厌恶也毫不隐晦，他觉得泽尔达有疯狂的占有欲，认为泽尔达是“兀鹰不愿分食”。

尽管海明威的小说粗话连篇，让出版社的人很是头疼，但海明威充满活力的语言，独特的文风，还是一下子就打动了珀金斯。1926 年，他力排众议，大胆出版了海明威的长篇小说《太阳照常升起》。幸运再一次降临，出版人珀金斯又赢了，海明威从此成为了“迷惘的一代”的代表作家，并于 1954 年，凭借《老人与海》夺得诺贝尔文学奖。

但创造了数次出版奇迹的珀金斯，也有马失前蹄的时候。就如菲茨杰拉德处女作出人意料的大卖一样，同样让所有人想不到的是，此时已出版两部作品、蜚声文坛的菲茨杰拉德的新作《了不起的盖茨比》在市场上却遭遇了滑铁卢。

1940 年 12 月 23 日，菲茨杰拉德死于酗酒引发的心脏病。他去世几年之后，这部被菲茨杰拉德自诩为“美国有史以来最好的小说”才得到了它该有的殊荣。村上春树曾说：“如果让我‘举出迄今为止遇到的最重要的三本书’，我会不假思索地回答，那就是菲茨杰拉德的《了不起的盖茨比》、陀思妥耶夫斯基的《卡拉马佐夫兄弟》和雷蒙德·钱德勒的《漫长的告别》。倘若只让我从中挑选一本，那我会毫不犹豫地选择《了不起的盖茨比》。”

菲茨杰拉德与主人公盖茨比

二十岁之前的菲茨杰拉德和他所塑造的《了不起的盖茨比》中的杰伊·盖茨比一样，除了鹤立鸡群的英俊外貌，毫无可炫耀之处。他们风流倜傥的外表如出一辙——柔和亲切的脸部轮廓，深邃含情的眼睛，修长坚挺的鼻子，敏感薄软的双唇，还有那标志性的中分金发。

盖茨比原本出身贫寒，但少校军官的军服掩盖了他的乡土味。与菲茨杰拉德不同的是，他从小就热爱学习，有意识有系统地训练自己，还在少年时期就给自己制定了一份富兰克林式的作息表。他爱上了富家千金黛西，黛西的家成了盖茨比窥探上流社会的途径。黛西也钟情于有意对家世遮遮掩掩的盖茨比，两情相悦之时，第一次世界大战爆发，盖茨比被调往欧洲战场，黛西转而嫁给了一个有钱人家的纨绔子弟汤姆。只是，退役后的盖茨比很快成了富豪。小说中，盖茨比骤富后，他的经历就成了一个谜。有人说他毕业于牛津大学，继承了不知道什么人的巨额遗产；有人说他谋财害命，靠走私才发的大财。他自己对此也语焉不详。

变为大富翁的盖茨比一掷千金，在黛西府邸的对面建造起了一幢豪华别墅，夜夜笙歌，盛大的晚会让各色人等趋之若鹜。而盖茨比却从不参加这些喧闹的狂欢，他只是长久而孤独地遥望对面黛西家码头闪烁的绿光。高调炫富的盖茨比，目的只有一个，那就是用各种方法吸引黛西的注意。他终于如愿了。旧情重燃之际，黛西却在心烦意乱中开车撞死了丈夫的情妇。盖茨比心甘情愿地做了黛西的替罪羊，又一次，也是最后一次，被黛西无情地抛弃，死在了汤姆情妇丈夫的枪口下。

电影《了不起的盖茨比》中，莱昂纳多·迪卡普里奥把盖茨比的帅气演绎得恰到好处，更重要的是，他塑造了一个痴情得让人心碎的男人，这样的男人在现实生活中简直就是“濒危物种”，自然不难俘获万千观众的心。只是，通过个人奋斗而发达的盖茨比，内心世界深刻而复杂，他既孤独又浮躁，既卑怯又勇敢，既狡猾又诚实，既老练又天真，既骄傲又自卑，所有这些水火不容的对立特征，使盖茨比的形象具有巨大的张力。而潇洒的莱昂纳多难以用身体语言诠释如此多的内容。这也与电影这种表达载体有关，较之于原著小说，电影手段的虚弱之处在于，悲伤的剧情掩盖了廓大的背景，人物的痴情掩盖了内心的迷惘，华丽的场景掩盖了时代的虚无。思考的外延受到了局限，讽刺的力度明显弱化，反思的深度也难以得到挖掘。

纵观历史，梦碎人亡的当然不止盖茨比。清代孔尚任在《桃花扇》里有言："眼看他起朱楼，眼看他宴宾客，眼看他楼塌了！"盖茨比如此，菲茨杰拉德也如此。他们想要幸福，不惜一切。陶醉于南柯一梦里，然而，梦抛弃了他们。

菲茨杰拉德高中时代的学业常是全校倒数第一，靠找关系才进了普林斯顿大学，家道中落的菲茨杰拉德与上流社会隔着难以逾越的鸿沟。靠着曾是有钱阶层的外祖父的一点余荫，菲茨杰拉德偶尔也会参与到上流子弟的聚会中，他幽默风趣又不失真诚坦率的社交语言，已开始显露出日后成就他的出类拔萃的文学才情。

菲茨杰拉德的初恋名叫姞内瓦·金。姞内瓦出身名门，盛名在外。金风玉露一相逢，自然是胜却人间无数。菲茨杰拉德在《了不起的盖茨比》中描述黛西的嗓音（其实他的每一个赞美的词都属于姞内瓦），像歌曲般欢快动听，"把每个字都唱出一种以前从未有过、以后也绝不会再有的意义"。

十年后，菲茨杰拉德在《了不起的盖茨比》里描述尼克初见盖茨比时，盖茨比留给他的印象："他心领神会地一笑——还不止心领神会。这极为罕见的笑容，其中含有永久的善意的表情，这你一辈子也不过能遇见两三次。它面对着——或者似乎面对着——整个永恒世界的一刹那，然后就凝注在你身上，对你表现出不可抗拒的偏爱。"这段描述无疑是菲茨杰拉德的粉饰自画像，而貌似单纯的姞内瓦正是被菲茨杰拉德面对世界的一刹那之后凝注在她身上的偏爱所俘获。

身处异地的两人通过书信维持着热恋的关系。但两个人又很清楚，他们的恋情注定是镜中月水中花。毫无悬念的结局就在不远处虎视眈眈地等着菲茨杰拉德。受狂热情怀驱使的两个人，还分别写过同名短篇故事《完美的一小时》。姑内瓦讲的故事，后来被菲茨杰拉德多次改写过，最后一次改写成了《了不起的盖茨比》。真相或如姑内瓦的女儿所言，她的母亲从未真正爱过菲茨杰拉德。1916 年 8 月，两人的关系被姑内瓦父亲的一句大实话终结。她的父亲对前来拜访的菲茨杰拉德说："穷小子休想娶富家千金。"

与姑内瓦分手，菲茨杰拉德受到了强烈的刺激和莫大的屈辱。他暗下决心，要成为比有钱人更有钱的人。虽然菲茨杰拉德从中学时期就热爱写作，在常春藤名校普林斯顿读大学时又常写剧本，但因成绩太差，1915 年秋天他已被迫退学。同年，他的剧本在全美巡演时他却被禁止随行，这一段灰暗的生活被他写进了他的处女作《天堂的那一边》里。学业半途而废，恋情戛然而止，失落愤懑的菲茨杰拉德走投无路。此时，正逢美国宣布参加第一次世界大战。休学在家的菲茨杰拉德应征入伍，在军营中仍然笔耕不辍的菲茨杰拉德有了另外的收获。1918 年 7 月初，在阿拉巴马蒙哥马利驻扎期间，菲茨杰拉德爱上了阿拉巴马最高法院法官的小女儿，18 岁的泽尔达·赛尔。泽尔达备受溺爱，刁蛮任性，抽烟喝酒，放荡不羁。同时她又天资聪颖，有着极高的舞蹈功底、语言天赋以及不逊于菲茨杰拉德的文学才华。似曾相识的爱情故事再次上演，菲茨杰拉德害怕重蹈覆辙，低微的出身以及贫穷的处境，促使菲茨杰拉德极度渴望通过写作获得成功，改变命运。

处女作的出版，使得菲茨杰拉德梦想成真。1920年3月30日，菲茨杰拉德给泽尔达发了一封电报："书卖得好，速来纽约。"4月3日，菲茨杰拉德与泽尔达在著名的圣帕特里克大教堂结婚。

金钱、美人、别墅，随心所欲的奢侈生活，一切都唾手可得。菲茨杰拉德在散文《爵士时代的回声》里写道："那是奇迹频生的年代，那是艺术的年代，那是挥霍无度的年代，那是嘲讽的年代。" 他在《了不起的盖茨比》中对盖茨比奢华生活的描述简直就是自己真实生活的情景再现："到了晚上七点，管弦乐团已经抵达，不是那种五人小乐队，而是正式的乐团……诸多盛放着鸡尾酒的托盘飞也似的飘到外面的花园。花园里充满了笑语和欢声、毫不经意的寒暄和转身即忘的介绍，还有彼此不知姓名的女人之间热烈的攀谈。"

约翰·张伯伦赞叹菲茨杰拉德"有能力用一段文字抓住一个时代的韵味、一个夜晚的芬芳和一首老歌的情调"，的确中肯。如这本小说的译者李继宏所言，"就像伊迪丝·华顿的《纯真年代》之于镀金时代，当今的读者要通往对美国爵士时代的认识和感知，《了不起的盖茨比》是必经之路。一部小说单独地定义了一个时代，这正是《了不起的盖茨比》的了不起之处"。

婚后的菲茨杰拉德夫妇成为了爵士时代的代表人物，他们永远是喧闹派对的焦点，豪华酒店的座上宾，时尚潮流的领跑者。

兜不完的风，开不完的party，关不上的行李箱，婚后的两人过着飘在云端之上的生活，仿佛被欲望缠颈，他们纵容每一个奢侈的行为，任性、疯狂。日日声色，夜夜犬马，菲茨杰拉德酗酒成癖，泽尔达扮演皇后上瘾，两人肆无忌惮地享受青春，挥霍金钱，同时也挥霍健康。

“七年的荒废及悲剧。”后来，他这样描述他的那段生活。

海明威在《流动的盛宴》中直言不讳地说，菲茨杰拉德是被女人毁掉的。他认为每当菲茨杰拉德想要写作时，他的妻子泽尔达就拉着他四处招摇，彻夜痛饮，让他无法安生。我认为这句话完整的说法应该是，菲茨杰拉德既被女人成就，也被女人所毁。这话也同样适用于盖茨比，也许，还适用于更多沉湎于盲目爱情中的人。

酗酒过度、无法自拔的菲茨杰拉德才思枯竭，为了维持已然习惯的奢侈消费，他成段成篇地抄袭泽尔达的日记和信件。他觉得把她的文字署上自己的名字发表无可厚非，只要能获得丰厚的报酬，何乐而不为？但好景不长，名存实亡的婚姻、空虚无聊的生活把泽尔达逼进了精神病院，菲茨杰拉德也终因酗酒而江郎才尽，再也没有杂志和报社向他约稿，他又重新变得一无所有、穷困潦倒了。

家庭和事业的颓败被菲茨杰拉德写进了生前的最后一部小说《夜色温柔》里，他还期望着奇迹再现。为此，他诚恳邀请当时最负盛名的海明威为小说写评论，但海明威早已与他疏远，认为他是为了赚钱才写出垃圾作品，说菲茨杰拉德写了太多虚假的事，让菲茨杰拉德忘掉个人的悲剧。海明威在回信里写道："我想见你，在你清醒时和你当面讨论。你在纽约喝了个烂醉，我们都没谈出个所以然来。……你比谁都更需要写作上的戒律，然而你娶了一个嫉妒你作品的人，她想要与你竞争，想毁掉你。这事一点也不简单，我第一次见泽尔达时，还以为她是个疯子。而你又使事情更复杂——你和她相爱了。当然，还有，你是个酒鬼。"此时的海明威没有料到的是，他自己也会酗酒，也会忘不掉自己的悲剧，并最终用他父亲自杀时用过的手枪结束了自己的生命。

造化弄人，又或是菲茨杰拉德早有预感。盖茨比的结局成了他命运的预言，他的葬礼和盖茨比的葬礼大同小异。盖茨比生前无比风光，死后却无比凄凉，那些在他活着时如蚁附膻的人群如鸟兽般散去。菲茨杰拉德的葬礼更为寒酸简陋，只有珀金斯和他的女儿等少数几个人参加。他的好友、诗人多萝西·帕克在葬礼上难掩悲痛，感慨地说："这家伙真他妈的可怜。"而早在盖茨比寂寞的葬礼上，一个戴着猫头鹰眼镜的人曾说过同样的一句话。八年后，泽尔达葬身于精神病院的一场大火中。

菲茨杰拉德夫妇的墓碑上刻着《了不起的盖茨比》结尾那句话："于是我们继续奋力向前，逆水行舟，被不断地向后推，直至回到往昔岁月。"

菲兹杰拉德去世后，海明威在《流动的盛宴》中这样评价菲茨杰拉德："他的才华是那么的自然，就如同蝴蝶翅膀上的颗粒排列的格局一样。最初，他并不比蝴蝶了解自己的翅膀那样更多地注意到自己的才华，他也不知道从何时起，这些就已被洗刷和破坏掉。直到后来，他开始注意到了他破损了的翅膀和翅膀的结构，他开始明白不可能再次起飞了，因为对于飞行的热爱已经消逝，他唯一能够回忆起的是，当初在天空中的翱翔是多么地轻而易举！”天才末路，就像泽尔达被关进精神病院后写给菲茨杰拉德情书中的句子：“月亮像失落的钱币掉进深山。”

菲茨杰拉德的阿拉比与盖茨比的绿光

我很喜欢爱尔兰著名小说家詹姆斯·乔伊斯的小说。他写过一个短篇小说《阿拉比》，小说中的小男孩爱上了小伙伴的姐姐，朝思暮想，时时刻刻关注那女孩的一举一动，女孩无意间提到非常想去一个叫阿拉比的集市，小男孩对女孩承诺，一定要去阿拉比给她买一件礼物，他费尽心思，辗转奔波，终于到了那个想象中充满了神秘色彩的集市。然而，到了之后才发现，那只是一个简陋、阴暗、破败的地方。

我们每个人可能都会有这种类似的人生体验。远方总是美好的，梦想总是绮丽的，而当梦想照进现实的时候，也许并不明亮。

很久以前我看过美国作家托马斯·沃尔夫的微型小说《远和近》。有一个火车司机天天在固定的时间路过一座红木搭的农舍，他每次经过那里的时候都会看到一对母女在屋前向他招手微笑，他也以鸣笛回应她们，彼此都觉得很快乐。这个司机因此每天都过得很充实，他只有一个心愿，就是在退休后亲自去拜访这一对给他带来了无限欢乐的母女。二十年就这样过去了，司机从英俊的壮年人变成了白发老人，终于等到退休了，他不费吹灰之力就找到了当年的那间农舍，那个他天天路过的屋子前。可是他敲开门后，迎接他的却是一个满脸皱纹的脸，他费力地解释自己是谁，老妇人狐疑地把他让进又小又丑的客厅，喊出她的女儿，这对每天对他微笑招手的母女却忐忑不安地打量着他，目光里含有呆滞的、困惑不解的敌意和阴沉的、畏怯的拘谨。这个司机终于无话可说，讪讪告辞，后悔得要命。相见之后的司机和那对母女，心里充满的是同样的怀疑、恐惧和厌倦。如果他不来寻找她们，那么那份快乐的回忆一直会伴随着他。有时候，欺骗自己的恰恰是自己的眼睛。

我想，对于那对母女来说，她们每天挥手致意的对象并非司机，而是能驰向远方的火车。在她们的眼里，火车代表了远方，代表了力量，也代表了希望。盖茨比遥望的黛西家码头的绿光，正是与火车有着同样魅惑力的梦幻理想。而菲茨杰拉德心里的“阿拉比”并非妻子泽尔达，而是初恋姞内瓦。

菲茨杰拉德死前三年，在与姞内瓦会面时，不仅酩酊大醉还口出脏话：“你他妈的以为你是谁？”姞内瓦为他的堕落而难过。菲茨杰拉德却对他的女儿说：“她是我第一个爱过的女孩，我是如何坚定地避免见到她，就是为了保持那幅完美画面。”这一切，都源于姞内瓦被菲茨杰拉德理想化了。就如盖茨比理想化了黛西一样。他们唯一愿意做的事就是把心中的那一束绿光供奉在高不可攀的祭台上。

盖茨比显然和菲茨杰拉德互为对方的影子。在上流社会的土壤中，他们由始至终水土不服。两个人钟情的女子，有着鲜明的共性。外表纯洁妩媚，声音低沉婉转，一举一动让人着迷，但美丽的驱壳中包裹着的却是冷漠、自私、唯利是图的灵魂。这两个男人与其说是有共通的审美，不如说他们有共同的梦想，那就是跻身上流社会的梦想。

对盖茨比来说，黛西就是那个有着无穷魅力的“阿拉比”，就是那个藏在心里向他遥遥招手的快乐回忆。在盖茨比的潜意识里，黛西离开他是因为他没钱。事实也是如此，只不过事实更残酷更无情。爱情说到底，是一场灵魂上的门当户对。

卡尔维诺在《为什么读经典》中说：“对于一个人、一个社会、一种文化来说，只有当记忆凝聚了过去的印痕和未来的计划，只有当记忆允许人们做事时不忘记他们想做什么，允许人们成为他们想成为的而又不停止他们所是的，允许人们是他们所是的而又不停止成为他们想成为的，记忆才真正重要。”

不能说盖茨比的记忆欺骗了他，只是他在不断粉饰记忆的过程中，也不断催眠了自己。对失去了恋人的过去的记忆，使盖茨比确信他的奋斗是值得的。盖茨比做出的种种努力都是想回到记忆中的画面，回到和黛西最初的时光。这样的记忆是枷锁，是没有未来的记忆，也是让盖茨比模糊了他真我身份的记忆。未来绝不是某种过去，也不应是某种预言的停留式实现。“盖茨比第一次见到黛西家码头末端的绿光时，肯定是万分惊喜。他走过漫漫长路才来到这片蓝色的港湾，肯定觉得梦想已经离得非常近，几乎伸出手就能抓得到。他所不知道的是，梦想已经落在黑暗夜幕下连绵不绝的美国原野上。”

小说中写道，成为富翁的盖茨比终于如愿再次和黛西约会了，尼克走过去跟他告辞的时候，他看到“那种惶恐的表情又出现在盖茨比的脸上，仿佛他有点怀疑他目前幸福的性质。那天下午一定有过一些时刻，黛西肯定有一些地方让他大失所望——倒不是说黛西本人有什么缺点，而是由于他的幻梦有巨大的活力。他的幻梦超越了一切。他以一种创造性的热情投入了这个梦，不断地添枝加叶，用飘来的每一根绚丽的羽毛加以缀饰，再多的激情或活力都比不上为情所困的心所堆积起来的幻想”。

盖茨比的内心深处也并非不知道黛西是怎样的一个人，他对尼克说，黛西的声音里“充满了金钱的味道”，但黛西是盖茨比毕生追求的理想，他已经把这个理想用物质的气泡堆砌得无比完美，并不断放大、膨胀到不真实的地步，他舍不得亲手打碎它，故而盖茨比选择性地失聪失明了。可悲的是，盖茨比至死没有从这场梦中醒过来。他不愿意承认的是，即使他有再多的钱，也终将难以融入上流社会。穿着西装，开着跑车，夜夜开舞会的盖茨比终究只是停留在模仿层面，他的炫耀源于他极度的自卑与刻骨的孤独。汤姆就曾毫不掩饰对他的轻蔑，认为“癞蛤蟆终究是吃不上天鹅肉的”。别墅越大，他的心里就越空虚。除了黛西，他没有别的梦想。

菲茨杰拉德笔下的配角与其他

菲茨杰拉德作品中几乎所有的人物都被打上了迷惘的烙印，几乎都存在致命的道德缺陷。即使是寥寥几笔的配角也不例外。《了不起的盖茨比》中，黛西的丈夫汤姆·布坎南继承了巨额的家产，他看起来豪爽大方，热情诚恳，实则吝啬傲慢，虚伪残暴，是个外强中干的纸老虎。虽然同龄人里很难找到富裕到他那种程度的人，他的精神却极度荒芜。他瞧不起贫穷的人，即使是骤得横财的盖茨比也是他讽刺的对象，然而他却找了一个下层妇女做情妇。在妻子无意中撞死了自己的情妇后，他一石二鸟，嫁祸于盖茨比，带着黛西远离了是非之地。上流社会的无耻冷漠在汤姆夫妇的身上体现得淋漓尽致。

菲茨杰拉德在他的自传性随笔《崩溃》中说："生命本质上是一场欺骗，它的境况是失败的境况，拯救之物不是'快乐和快感'，而是从挣扎中获得的满足感。" 就像从一场梦中醒来，夜色如此温柔，但这里没有一丝光明。

无论是虚荣自私的黛西·布坎南，清醒谨慎的尼克·卡拉威，装腔作势的乔丹·贝克，还是刁蛮势利的梅朵·威尔逊，软弱本分的乔治·威尔逊，阴险虚伪的梅耶·沃夫希姆，都呈现出了人性的多面性和不可知性。甚至那些围绕在盖茨比身边的食客，被菲茨杰拉德比喻为“想去就去的飞蛾”，也有着不可或缺的存在意义。

菲茨杰拉德在《崩溃》中，悲观地总结道：“毫无疑问，所有的人生都是一个垮掉的过程。”无论是一战之后“迷惘的一代”的作家们，还是二战之后“垮掉的一代”的作家们；无论是欧内斯特·米勒尔·海明威、托马斯·沃尔夫、弗吉尼亚·伍尔夫还是杰克·凯鲁亚克、艾伦·金斯堡、托马斯·曼，写作对于他们来说，已然变成了一场反抗虚无感和绝望感的战争，而他们最终都是那个战败者。海明威死于自杀，他至死没有摆脱战争的阴影。托马斯·曼的著作在德国被查禁，国籍和博士学位被剥夺，流亡他国，客死异乡。弗吉尼亚·伍尔夫的印刷厂和别墅在二战时期被德军炸毁，缩短了她拥抱死神的进程，她屡次“精神血崩”并最终自沉乌斯河。凯鲁亚克死于酒精中毒，年轻的沃尔夫死于孤独的旅途中，威廉·伯罗斯吸毒酗酒后误杀了自己的妻子，艾伦·金斯堡曾因替朋友窝藏毒品而入狱，并且他还选择了与同性伴侣共度一生。他们以及他们所塑造的人物，都是在悬崖边舞蹈的精神病患者。

其实，对于个体而言，所有的战争（哪怕它相对来说是多么正义）都是“邪恶”的，因为战争不仅消灭了肉体，更戕害了精神。

而集体精神的创伤尤为致命。反思战争，不仅是经历过战争的作家的义务，也是所有人的“生存义务”。否则，我相信，人类走回头路的速度远比想象得要快。

就如阿尔贝·加缪在1957年的一篇演讲中发出的那声感叹：“多么多的教堂，怎样的孤独啊！”“迷惘的一代”和后来“垮掉的一代”的作家们，几乎都参加过一战或经历过二战。战争的灭绝人性，使他们信仰的根基轰然坍塌，却又找不到新的精神支柱。他们从追求理想到理想幻灭，从迷惘沉沦到绝望反叛，灵魂追不上身体，信任找不到依托。宗教或文学均难以拯救他们。于是，酗酒、吸毒、纵欲、流浪，成了他们生活的常态。美国作家诺曼·梅勒感慨美国的20世纪50年代时说：“当今时代是随大流和消沉的时代，一股恐惧的臭气从美国生活的每一个毛孔中冒出来，我们患了集体精神崩溃病。人们没有勇气，不敢保持自己的个性，不敢用自己的声音说话。”一言以蔽之，人性的异化和泯灭才是造成一切悲剧的根源。

但菲茨杰拉德的悲剧绝不仅仅是一个人的悲剧，也不仅仅是一个国家的悲剧，甚至不仅仅是一个时代的悲剧。整个人类都在沉沦中寻找前路。

海明威在《丧钟为谁而鸣》的开篇即引用了17世纪英国玄学派大诗人约翰·多恩最著名的一首布道辞：“没有人能自全，没有人是与世隔绝的孤岛，每个人都是广袤大陆的一部分……任何人的死亡，都是我的减少，所以不要问丧钟为谁而鸣，它正为你而鸣。”

菲茨杰拉德与海明威一样，迷惘中有清醒，沉沦中有悲愤，无奈中有反抗，但终于还是没有摆脱被吞噬的命运。

菲茨杰拉德一方面承认，“一年以后，那个在口袋里叮当作响地揣满钞票、终于把那个姑娘娶到手的人，毕生都将对有闲阶级怀着难以磨灭的怀疑和憎恶——那并不是革命家的信仰，而是那种潜伏在农民心里的仇恨”；一方面又如飞蛾扑火，献身于上流社会那种“博大、庸俗、华而不实的美”。他的存在低于他所发现的东西。换言之，他从他的悲剧中得到了巨大的启示，尽管这悲剧没有丝毫的减轻。

盖茨比命运的见证人，也是小说叙述者的尼克，“从不随便评判别人”，秉持一种道德上的自省。他看穿了浮华热闹的背后，是不为人知的龌龊与冷酷。现实社会的虚情假意，让他十分厌恶，于是他远离了喧嚣空洞的大城市，毅然回到了故乡。菲茨杰拉德在小说中让尼克走出了毫无价值的虚幻的“美梦”，然而他本人仍沉浸梦中，难以自拔。他热爱繁华，因而他用心用情不厌其烦地写出了那个时代的喧嚣，但他又深知那仅仅是幻影，所以他又让他所有作品的主人公最终都难逃沉沦的命运。虽然他很快被那个时代遗弃了，他也发现了自己的荒诞和扭曲，却对自己充满了无奈，无法把握自己，至死还怀揣着重新崛起的梦想。他仍旧希望“在注定失败的判决与依然渴望成功的决心间找到一个平衡”。但，他最终变成了他所恐惧及他所同情的那些人。

与菲茨杰拉德类似的作家在中国也并不鲜见。追求女性独立的萧红，逃离了旧式家庭，但她一生也没有实现经济上的独立，在一个又一个男人的伤害或庇护中，在饥饿、贫穷和疾病中，仍然坚持写出了几十万字的优秀作品。每次看《呼兰河传》，我都无比心疼这个柔弱又坚强的女性。因为她曾用最纯净的眼睛注视过这个苦难的世界。

一个作家很难在世俗的评价和自己的精神追求中取得双重的平衡，苛求这样的平衡，是对给我们留下不朽作品的作家的伤害。

身为作家，如果能清醒地知道，一个好作品，必须要具有将这一时代包含在内，同时又与所处时代保持距离的特质，那么他就是一个天才作家，他的作品也就是了不起的作品。菲茨杰拉德就是这样的天才作家，《了不起的盖茨比》就是这样的了不起的作品。

寻找朝圣的方向

那么，我是谁？

哈罗德·弗莱是个普通的英国小老头，在酿酒厂干了四十年销售代表后默默退休，退休时公司甚至连欢送会都没开。他坐了一辈子办公室，是个循规蹈矩的老好人，他以为人生就这么过去了，直到一天早晨，他收到了那封改变他人生的信。

信是奎妮寄来的。这个二十年未见的昔日同事兼朋友患了癌症，时日无多，来信向他告别。震惊、悲痛之下，哈罗德写了回信，在寄信的路上，他却对一个又一个邮筒视而不见，越走越远，“除了奎妮即将在贝里克郡离开这个世界，他的生活一成不变。哈罗德突然间不能自持。信明明已经放到黑幽幽的投信口，却怎么也投不进去——他没法松手……”于是，一个念头瞬间产生，他要徒步去看望奎妮。

《一个人的朝圣》中的哈罗德，这个小老头从英国最西南一路走到了最东北，横跨整个英格兰。一个人，八十七天，六百二十七英里。说他是心血来潮，似乎也对。因为哈罗德既没有深思熟虑，也没有理智思考，看起来就是一个冲动任性的老顽童。

青年人喜欢说，“梦里出现的人，醒来时就应该去见他”。生活似乎本就该这么简单。《世说新语》中记载了一段王子猷雪夜访戴安道的轶事。“王子猷居山阴，夜大雪，眠觉，开室，命酌酒，四望皎然。因起彷徨，咏左思《招隐》诗。忽忆戴安道。时戴在剡，即便夜乘小船就之，经宿方至，造门不前而返。人问其故，王曰：‘吾本乘兴而行，兴尽而返，何必见戴？’”

这不免让人联想到曾影响了一代美国人生活方式的美国“垮掉的一代”的代表作家杰克·凯鲁亚克的自传体小说《在路上》。与《一个人的朝圣》同为关于勇气、尝试和生命不确定性的小说，二者在某些方面可以说殊途同归。这本书的至理名言“我还年轻，我渴望上路”，曾激励了无数年轻人追求自由的不羁之心。《在路上》的那些找个借口就搭车或开车横穿美国大陆的“垮掉的一代”的代表——狄安们，萨尔们，无不是兴之所至，为所欲为，颇有王子猷们的风范。他们颓废、叛逆、迷茫、放荡、癫狂、堕落，甚至逾越道德和法律，看似没有目标和原则，就像作者凯鲁亚克所说的，年轻就是用来放肆的。但归根结底，他们和哈罗德一样，是想在另一侧找到精神上的依靠。只是，哈罗德以寄信为由踏上徒步之旅的原意是为了逃避生活，狄安们出发的本意是为了探寻未知。哈罗德六十四岁才开始上路，而凯鲁亚克四十七岁就已告别人世。“垮掉的一代”不需要面对年轻以后的事情，而哈罗德却要弥补年轻时的缺憾。但，哈罗德和“垮掉的一代”在路的尽头有意无意都探寻到了生命最本真的境界，那就是直视生存的悲剧性，通过张扬个体的悲剧精神来超越悲剧，从而达到对生命本真的体验。

哈罗德厌倦了固化麻木的暮年生活和淡漠乏味的夫妻关系，冲动地想通过千里跋涉摆脱或改变这一切。他把一只脚放在另一只脚前面，就像“歌手把双手放在琴弦上，如同放苍鹰去追捕猎物”。从他脚步迈开的那一刻起，与他六百多英里旅程并行的，也有我们每一个翻开《一个人的朝圣》就再也合不上的读者。并且，作者蕾秋·乔伊斯在给读者的一封信中写道：“奎妮·轩尼斯的一封信，启发了一段改变哈罗德·弗莱人生的步行之旅，而且，在某种程度上，也改变了我的人生。”

哈罗德·弗莱是如何进入蕾秋·乔伊斯的构思里的，我们暂且不去探究。

乔伊斯写了20年的广播剧本，是蜚声英国的剧作家。她在舞台剧界也十分活跃，拿剧本奖拿到手软。但真正让她声名鹊起，为全世界所知的是她的这部小说。

《一个人的朝圣》是乔伊斯第一次尝试写小说，2012年甫一出版，就引起轰动，成为2013年欧洲首席畅销小说，上市一年，仅英美德三国累计销量就有100万册。目前已畅销三四十个国家，入围2012年布克奖。此后，乔伊斯一鼓作气，2013年出版小说《时间停止的那一天》，2014年出版《一个人的朝圣2：奎妮的情歌》，继续掀起阅读热潮。这部小说在让哈罗德澡雪精神的同时，也让万千读者重新审视了自己，在幽暗的时间深渊里，我们是怎样虚度了光阴又被光阴耗尽。

这部小说的内封面是一双疲惫的散开鞋带的帆船鞋，下面配着两行小心翼翼的短句：“那么，我是谁？”

“我是谁”，既是困惑古今哲人、思想家的永恒命题，也是每个普通人在生活中都会面对的问题。美国心理学家戴维·迈尔斯有一本心理学著作，书名就叫《我们都是自己的陌生人》。有人问希腊七贤之一、西方思想史上第一个有记载有名字留下来的思想家，被称为“科学和哲学之祖”的泰勒斯，“世上何事最难？”他答：“认识你自己。”希腊德尔菲阿波罗神庙的门楣之上刻着一句永恒的箴言也是：“认识你自己。”

哈罗德不是哲人，他也不过是一个孤独的探寻者罢了。

当我看起来不是我，我还是不是我呢？

金斯布里奇村。哈罗德的家乡。加油站女孩的一个善意谎言，启发了哈罗德，他终于给自己的冒失行为找到了一个理由或目的，他觉得只要自己坚定信念，只要他一直在走，奎妮就不会死，他会救她。哈罗德遵从了内心的一时冲动，仓促上路。实际上，哈罗德从出发到抵达，并未真正弄清楚他此行的目的和意义。就像缺了一角的圆，要想在滚动的过程中找到一个适合的部分来弥补，几乎是难以实现的，只有重新长出缺失的那一角，它才会完整。哈罗德不明白他真正需要救的，不是奎妮（他的徒步无法改变奎妮去世的结局），恰恰是他本人和他死灰般的生活。他丢失了自己，也因此，内心茫然的哈罗德才会在经过邮筒时忍不住自问："我是谁？"

也许我可以换一句话表述哈罗德的茫然自问：当我看起来不是我，我还是不是我呢？

哈罗德就是这样一位“看起来不是我”的人。他为人谦和，既没什么朋友，也没什么敌人。他对这个世界表现出的态度也十分符合中庸之道：既不特别喜欢什么，也不特别讨厌什么。他是一位被绝望的一潭死水似的生活吞噬的普通人。然而，这世界又怎么可能没有他特别喜欢的人、特别厌恶的事呢？他只是像个套中人一样，把真实的自己隐藏起来罢了。尽管哈罗德·弗莱是个高大的男人，却一辈子习惯弯着腰生活，大多数时间，他是一个畏畏缩缩并且犹犹豫豫的人，像是随时防备着前方会突然出现一道低梁，或是别人投偏了的纸飞机似的。但生活这面墙不会因为他躲避就不砸向他。哈罗德有没有偶尔揭下面具的时候呢？有。当妻子莫琳第一次见到哈罗德时，她眼中的他是野性的、年轻的、像魔鬼一样起舞的男人，是“那个向她的每一根血管里注入疯狂爱意的男人”。儿子戴维离世，哈罗德失去了控制，酒后闯进酿酒厂老板纳比尔的办公室，偷偷摔毁了他厌恶的老板珍藏的母亲的遗物——穆拉诺玻璃小丑。然而，最终却是奎妮不声不响地替闯了祸的哈罗德背了黑锅。

我们每一个人都会在哈罗德的身上找到自己的影子，就像从不同的镜子里看到的都是自己。尽管每个人可能都会有抽老板一个大耳光的冲动，但又希望抽老板耳光的是别的“冒失”的人。我们一方面既希望远离所有麻烦，接受重复、平淡、无趣但风平浪静的生活，另一方面却又默默羡慕着那些有勇气经历大风大浪，敢于索取不怕失去的人。

任何一把剃刀都自有其哲学

埃克赛特火车站。“如果我们不能打开心扉，如果我们不能接受无法理解的东西，那就真的没有希望了。”在一间咖啡店里，哈罗德遇到了一位穿着时髦套装的银发绅士，没有人知道这个人内心深处背着的包袱，这个看起来和全英格兰的绅士一模一样的人，“需要付出简直不为人道的努力来扮演‘正常’，每天都要装，还要装得稀松平常”。那种无法言说的孤独与无助，让银发男人克服了内心的踌躇，跟哈罗德倾诉了自己的隐私。他爱上了一个年轻的贫穷“牛郎”，他想给那个年轻人买一双新鞋，替换掉脚上那双破了小洞雨天会湿脚的旧鞋，但又怕冒犯了他。哈罗德看着红了眼睛的银发绅士，“心像被什么咬了一下，但他没有移开眼神。两个人就这样对坐了一会，一言不发，直到哈罗德心中一亮，笑了起来。他明白了，在弥补自己错误的这段旅途中，他也在接受陌生人的各种不可思议。站在一个过客的位置，不但脚下的土地，连其他一切也都是对他开放的”。只是为了一个简单的愿望而上路的哈罗德不再怀疑自己的决定，路上遇到的大部分人都愿意相信这个看起来不太靠谱的远行人，他也不再在意别人会怎么看待自己，他从每个人身上都吸收了一些东西。他曾经忽略了那么多的东西，包括他欠奎妮和过去的那一点点慷慨。

萨默赛特·毛姆认为，“任何一把剃刀都自有其哲学”，是说任何微不足道的举动，只要日日坚持，从中总会产生出某些类似观念的东西来。我想起了小说家村上春树，他从 1982 年开始跑步，此后近 30 年，从夏威夷的考爱岛到马萨诸塞的剑桥，从日本村上市参加铁人三项赛，到踏上希腊马拉松长跑古道，就像哈罗德永远走在“朝圣” 的路上，他，永远在奔跑。甚至他还写了一本书《当我谈跑步时我谈些什么》。他说：“任何一种行为，只要你做得久了，就都会带上某种哲学意味。1995 年我参加了一次一百公里赛跑，花了 11 小时 42 分跑完全程，到了最后它变成一种宗教式的体验了。”他认为，即使不足以称为“哲学”，这里面也含有一些类似经验法则的东西。一些无甚大用的玩意儿，却是通过实实在在地运动自己的躯体，通过作为选择的磨难，极其私人地感悟到的东西。“我是我，我也不是我。那是非常安静的、静悄悄的感觉。所谓意识并不是什么了不起的东西。”他在跑步中找到了自我，在跑步中他找到了唯一能让他感到自由的那种状态。从这个意义上说，跑步时的村上春树可以被称为“修行者”村上春树。

我想，哈罗德跟村上春树一样，也在走步中找到了唯一能让他感到自由的那种状态。

“英格兰的土地在脚下铺展开，那种自由自在、探求未知的感觉振奋人心，让他忍不住漾起一丝笑意，但觉苍茫世界我独行，再没有什么可以阻止他，让他回到小花园里除草去。”《在路上》的狄安们也有同样的感触，出发的感觉让他们发现世界突然充满了无数的可能性。虽然哈罗德并没有什么信仰，但走在去贝里克的路上的哈罗德毫无疑问也可以被称为“修行者”哈罗德，尽管他的初衷只是去看望一位老朋友、旧同事。在给加油站女孩的信里，他写的缘由是：“我走这条路，是因为她救了我，而我从来没有说过一句谢谢。”但哈罗德拖曳着蹒跚的脚步走过无数白天黑夜的这一趟旅程，真的仅仅是为了对奎妮说一句谢谢吗？埋头做一件喜欢的事，可以撑起一个人内心的高楼大厦，总是弯着腰走不出自己影子的哈罗德原本以为婚姻可以，工作可以，但婚姻和工作搭建的内心建筑像年久失修的木屋，濒临坍塌。此时，他才发现，埋头走路，让他的内心不再是破屋烂瓦。毋庸置疑，这也是一趟救赎之旅。哈罗德一点一点地敞开了自己伤痕累累的心，让自己走出去，让世界走进来。跟着他，我们也一步一步地靠近了自己。这种灵魂跳跃时的感觉，让人欢喜。

言语之下是深不可测的鸿沟

陶顿的郊区。哈罗德不再用英里，而是用回忆丈量自己走过的路程，在腿上刺骨的疼痛和雨中刻骨的寒冷中，哈罗德被最恐怖的一段回忆淹没了。那就是二十年前儿子戴维自杀的那个结束了一切的下午。我在戴维身上看到了狄安们的影子，他酗酒、吸毒，追求一种个体解除所有束缚的自由却不可得。哈罗德和妻子莫琳在唯一的孩子戴维因抑郁症自杀以后，就几乎变成了陌路人。那件事将他们生生切开了，像一把刀子将水果切成两半，分别丢进黑暗里。莫琳对儿子深切的爱在儿子离世后非但没有减少，反而以另一种方式激烈地发泄出来，那就是对哈罗德的恨。仿佛只有持久地恨哈罗德，才能减轻对儿子去世的愧疚。恨比爱更长久。她沉溺于单向尖锐的恨中不能自拔。她恨他对戴维不够关心，不配做一名父亲，在儿子溺水的关键时刻竟然还先解鞋带，甚至执着地认为哈罗德从来就没有抱过儿子。而哈罗德对妻子二十年的冷暴力却束手无策，沉默以对。当回忆变成噩梦，睡眠变得奢侈，“仿佛两人的联系不是血肉至亲而是个讽刺的玩笑”；“只要看一眼他，她就会被拉回到痛苦的过去，还是三言两语的交流最为安全。他们都自觉和对方停留在最表面的交流，因为言语之下是深不可测、永不可能逾越的鸿沟”。

命运总是因不可预测而显出它的神秘与残酷。曾因执导电影《完美生活》获得温哥华国际电影节最佳电影“龙虎奖”的导演唐晓白，在她的第三部电影《爱的替身》里将镜头对准了“失独家庭”。故事讲的是两个家庭在遭遇一场车祸后所产生的蝴蝶效应。包工头成永贵的独子壮壮一日放学后乘坐何满的三轮车发生车祸死亡。法院判决何满家赔偿十二万元。成永贵的妻子云珍已做了结扎手术，没有了生育能力。车祸给两个家庭带来了灭顶之灾，一个生命的消失，使两个家庭走上了不归路。在妻子的痛哭声中，包工头成永贵心如刀割，夫妻二人谁也不知道怎样面对失去珍爱独子的残酷现实。何满车祸后腿受伤，无钱支付昂贵的手术费。医院外，何满的妻子李巧鱼不仅倾家荡产，还要独自承担各种重压。成永贵去医院找因车祸而瘸腿的“仇家”何满，两个男人发生激烈口角，何满情急之下，慌不择言说“要赔，让我媳妇给你生一个”。成永贵在悲愤难抑之中，为了再有一个孩子而强暴了肇事司机何满的妻子李巧鱼。李巧鱼为还丈夫欠下的命债，忍辱为男主角成永贵生下一子。成永贵最终如愿以偿地又有了儿子，但在中国当下的现实里，无论怎样努力，这个在错综复杂的关系中来临的生命根本不能让一切都恢复到壮壮出事前的状态。成永贵最终因强奸罪被判有期徒刑六年，小男孩的抚养权归李巧鱼所有，她与何满离婚后，放弃了对女儿的抚养权。两个家庭永远偏离了他们从前各自的生活轨道。

我们与蝼蚁一样不堪一击

美国社会心理学家费斯汀格有一个很出名的判断，被人们称为“费斯汀格法则”：生活中的10%是由发生在你身上的事情组成的，而另外的90%则是由你对所发生的事情如何反应所决定的。换言之，生活中有10%的事情是我们无法掌控的，而另外的90%却是我们能掌控的。作为正面案例出现的一个故事曾长时间流传于微博、微信、博客等各种传播渠道。这个故事的大意是，美国有一对夫妇，在婚后十一年生了一个男孩。夫妻恩爱，男孩自然是两人的宝贝。某一天早晨，丈夫出门上班之际，看到桌上有一瓶打开盖子的药水，不过因为赶时间，他只大声告诉妻子：“记得要把药瓶收好！”然后就匆匆关上门上班去了。妻子在厨房里忙得团团转，却忘了丈夫的叮咛。两岁的男孩拿起药瓶，被药水的颜色所吸引，觉得好奇，于是一口气都给喝光了。由于男孩服药过量，虽然及时被送到医院，但仍旧回天乏术。妻子被突如其来的意外吓呆了，不知该如何面对丈夫，更害怕丈夫的责备……焦急的父亲赶到医院，得知噩耗，非常伤心。看着儿子的尸体，望了妻子一眼，然后在她耳边悄悄说了一句话。故事讲到这里，偏偏不立即给出答案，而是让大家猜一猜，这是一句什么话。有人猜测，这句话是“这不是你的错，我应该把药藏好后再去上班的”；还有人猜测，丈夫说的是“别太自责，既然事故已经发生了，就让它过去吧”；甚至有人认为，丈夫说的是“我们可以再生一个”；当然，也不乏没有注意或故意忽略故事最后一句语言及动作的暗示性，没有领会讲述者意图的人给出诸如“死的怎么不是你”“滚，永远在我眼前消失”等答案。最后，故事给出一个让很多人热泪盈眶的谜底，丈夫对妻子说的话只有四个单词：“I love you dear！”（亲爱的，我爱你！）

引用这个故事的人要提炼的观点并非只有费斯汀格法则让人受益终生这一条。有人借此想阐释中西方在对待失独问题上的思想和行为等诸多方面的差异。这个故事想诠释的道理也很多，比如爱与包容，勇气与胸襟，智慧与修炼……而我更倾向于它不过是一篇杜撰的治愈系鸡汤文。这个故事虽然试图用爱来打动人，用胸襟来鼓舞人，用智慧来美化人，却唯独忽视了人的本性，即人在面对灾难性打击时的自然属性，那就是，你并没有想象中那么软弱，但也绝没有想象中那么坚强。

子女死亡对一个人、一个家庭的打击，绝对是毁灭性的。我们如果不能否认“断子绝孙”是最恶毒的一句咒骂，也就不能否认它真正发生的时候，对绝大多数当事人的致命摧毁。某些时刻，我们真的与蝼蚁一样不堪一击。许多人终生也无法从丧子之痛中走出来。即使选择坚强面对，也需要时间这个包治百病的医生。回头再看这个故事，女人失去孩子的刹那不是悲痛欲绝或歇斯底里，竟然是不知如何面对丈夫，害怕丈夫的责备。而这位创造神答案的丈夫，固然是完美理性的，却因不够真实，所以也就不具备说服力与榜样性。人首先是感性动物。每一个为人父母的家长都可以感同身受，当孩子突然永远消失，心上那个血肉模糊的巨大空洞绝不会在几个小时甚至几天之内就快速愈合的，如果是因为夫妻一方的过错或者夫妻一方认为是对方的过错造成了孩子的不幸，那么正常人的做法就是把自己的悲痛通过不断指责犯错的一方转嫁出去。这是一种很常见也很有效的保护自己的措施。而犯了错或被伴侣认为犯了错的人，通常有两种反应，一是他（她）足够坚强，能够勇敢地承认自己的错误；二是不够坚强，他们会不断自责、悔恨，或者通过指责对方以往的错，再把内心的悲伤还给对方。在日常生活中，后一种情况更多见。很多失独夫妻就是这样分道扬镳的。

悲伤也有另一个出口

事实上许多人类共通的情感，东西方并无差别。

我们回到《一个人的朝圣》。哈罗德和莫琳在独子自杀后，夫妻之间的亲密关系立即破裂，感情交流戛然而止。莫琳扔掉了各式各样的菜谱，也不再侍弄后花园里的花草；她搬到了客房睡觉，给屋里挂上了厚厚的窗帘。莫琳埋怨了一段时间，责怪哈罗德，无论哈罗德说什么，甚至哈罗德还没有张口，她都会习惯性地吐出那句“我不那么认为”。最后连埋怨都停止了。他们在楼梯上擦身而过，与陌生人没有两样。在情绪占支配地位的时候，智商似乎就失灵了。夫妻关系已经逐渐趋向封闭并被束之高阁，他们仿佛是生活在两个世界的人。哈罗德走向贝里克，不断修复自己修复爱的同时，莫琳的身上也经历了一系列的连锁反应，莫琳也在反思自己，“我说过很多言不由衷的话。就好像，即使我想到的是哈罗德的好，一说出口就又变了味。好像不断否定他成了我们之间唯一可以做的事”。从最初的愤怒、惶惑、羞耻、不安到逐渐冷静、改变、适应乃至成为哈罗德最大最持久的支持者，莫琳终于知道，生活并非非此即彼，非对即错，悲伤也有另一个出口，爱也有另一种可能。

我想，哈罗德通过双脚走路寻找到的和莫琳通过心灵跋涉触摸到的都是同一真理，那就是作家余华说的“对一切事物理解之后的超然，对善和恶一视同仁，用同情的目光看待世界”。哈罗德的这次朝圣之旅，不仅仅是夫妻关系的破冰之旅，同时哈罗德也原谅了父母对他的抛弃，原谅了父母不教他怎么去爱，原谅了父母不教他怎么表达爱。当他终于可以直视众人的眼睛，在众人面前颤抖着身体喊出来“我想要我的儿子”，哈罗德才算真正打开了心结。独子离开二十年以后，莫琳才终于有勇气对哈罗德说：“我们一起来面对。”终于有勇气再一次对哈罗德说：“I love you。”

诗人昌耀有一句诗写道：“爱的繁衍与生殖，比死亡的戕残更古老、更勇武百倍。”莫琳原谅了哈罗德，也就放过了自己。人的脆弱和坚强都超乎自己的想象。有时，你可能脆弱得听到一句话就泪流满面；有时，你发现自己咬着牙走了很长的路。作者通过这部小说告诉我们的，当然还有至关重要的一点，那就是，珍惜语言的真情实意，不要拿它们当弹药来使。故事以悲伤又不乏温情的方式提示我们：悲伤最好的状态不是凝固，是融化；与坚持同样重要的，是放弃。

碰到的东西都变成了坚硬的孤独

纽卡斯尔。哈罗德陷入最糟糕的回忆中。除了那个恐怖的下午，哈罗德还想起了他的父亲母亲，他第一次放任自己去感受父母亲都不要自己的痛。

哈罗德的父亲是小说中着墨不多却必不可少的一个人物。在人类的各种伦理关系中，父子关系一直被认为是最具有张力的一种。

哈罗德的父亲身上或者哈罗德作为父亲的角色身上，并没有作者蕾秋·乔伊斯父亲的影子。我们能够知道的是，蕾秋·乔伊斯和父亲的关系很亲密，她很爱自己的父亲，以至于她在父亲去世后想到的都是得癌症之前的父亲的形象，他的大笑的脸，他大声喊“你好吗，蕾秋？”时的声音，或是他搬着梯子走过窗前时的样子。但，这一切都消失了，在他得了癌症以后。蕾秋·乔伊斯的父亲在家中过世，尽管癌症让他失去了容貌和声音，但他去世时没有痛苦，这一点让蕾秋·乔伊斯感到安慰。对于也曾有过声音、有过精彩人生的父亲，蕾秋·乔伊斯把他的灵魂移植到了书中人物奎妮身上，这就是为什么奎妮会得那种毁容的癌症的原因。她用她生命中的人来填充了她的写作。

哈罗德的父亲，战前是个好丈夫，参军回来后却不是那么回事了，小说中说他不知道因为什么原因彻底垮了下来，整日酗酒，精神紧张。邻居说，战争使人变得十分滑稽。在哈罗德还是一个小男孩的时候，他会有触摸父亲的愿望，想尝尝被父亲双臂环绕的感觉，他也曾经犹豫着问父亲自己出生前究竟发生了什么事，为什么爸爸将手伸向杯子时，那手总是颤抖着的。哈罗德的母亲则是一个只喜欢旅游、被母亲角色吓坏了的浪漫女人，对哈罗德毫无母爱，她拍着哈罗德的手让他出去时就像赶一只苍蝇。尽管哈罗德想尽办法逗她开心，她还是在哈罗德 13 岁生日前几天离家出走，再也没有回头。母亲出走之后，父亲变本加厉，酗酒，摔酒瓶子，跟一个又一个女人做爱，而十几岁的哈罗德只能躲在自己的房间里，任寂寞吞噬自己。

蕾秋·乔伊斯没有详细剖析哈罗德的父亲为何在战前战后判若两人，很多读者可能也不会留心这些细节，或者不会认真考虑这个形象除了作为哈罗德的父亲存在之外的其他意义。而这恰恰是我们该认真探究的。

2014 年，韩国上映了一部大尺度、被称为韩国版《色戒》的电影《人间中毒》，这是演员宋承宪出道后首次接拍的“19 禁”

影片。新人女演员林智妍首次亮相大银幕就是“19禁”影片，韩媒还把林智妍称为“韩国汤唯”。这是一部19岁以下青少年不可观看的限制级影片。导演金大宇绝非想制造一部粗糙的情色娱乐片，情欲的演绎只是他试图观照人性的一个切口。影片以1969年越南战争时期为时代背景，讲述的是越战英雄军官金镇平与部下之妻的一段不伦之恋。他经历过战争，在战场上以英勇出名，却在这段不伦之恋中如坠深渊，不能自拔。很多观众不能理解，他为何在妻子不知情、属下不知情、其他人不知情的情况下于公开聚会中孤注一掷，自曝私情，造成无可挽回的后果，又为何在女主角不愿放弃一切随他私奔时选择自我了断。如果你不是选择快进式播放，而是想品味一下片中的细节，你就会发现，男主角毫无疑问是个战争创伤后遗症患者。

创伤后应激障碍，是指对创伤等严重应激因素的一种异常精神反应。又称延迟性心因性反应，是指由异乎寻常的威胁性或灾难心理创伤，导致延迟出现和长期持续的精神障碍。主要发生于经历过战争的男性身上，所以又被称为“炮壳震惊”“战争疲劳”。战争创伤后遗症最大的特点就是不相信他人，疲惫、孤独、焦虑、失望，没有安全感。该片中，从第一个喝酒的场景开始，宋承宪饰演的金镇平就表现出明显的疲惫、沉默、不合群的特点。周围的人，那些军官以及军官的家属们，包括他的妻子，热衷于追逐物质与权力，而金镇平与这些人格格不入，他只想获得内心的慰藉却又束手无策，难以融入所处的环境。所以当他看见与自己一样有着忧郁气质、鹤立鸡群的女主角出现时，立即不能自控，产生了强烈的认同感和依赖感。这种对真情的极度渴望与渴望幻灭后的精神崩溃，毫无疑问都是战争创伤后遗症的表现。片中的男主角经常抽烟，吸烟这一行为也含蓄地表现了战争的冲击给金镇平内心带来的苦痛。电影《第一滴血》中的越战英雄兰博也是一名战争创伤后遗症的受害者。在战争中，他们无所畏惧，成为英雄，而回到和平的世界，他们却寸步难行。这就是战争的可怕之处。战争不仅摧毁了他们的肉体，而且摧毁了他们的精神。

2006年秋天，伊拉克战事正酣。战争给成千上万的美国将士带来了噩梦和哀痛，他们在血腥的战场上整夜失眠，惊魂不定，无休止的精神折磨让他们近乎崩溃。美军派出了随军心理专家彼得·林纳路茨，他负责劝慰经历过最残酷战斗的同胞。对成百上千位身心俱疲的美军将士而言，只有彼得·林纳路茨上尉可以让他们暂享片刻宁静的时光。然而，从伊拉克载誉归来后，这位曾经荣获铜星勋章、被视为英雄的退役陆军心理专家，竟也意外地陷入了战争创伤后遗症的泥淖中，他在伊战爆发十周年之际，拔枪结束了自己42岁的生命。正如一位好友的叹息：“他可以帮助每个人，唯独拯救不了自己。”

每个人都可能是病人

同样，读者不理解的哈罗德的父亲也经历了战争的创伤，并且这创伤不仅完全毁掉了他的生活，也毁掉了哈罗德的人生，它的连锁反应还波及哈罗德的儿子。戴维的自杀与父子之间难以逾越的沟壑有关，而哈罗德缺乏为人父的担当不能不说与哈罗德的父亲有主要关系。这种不正常的父子关系，作为家族病史竟然还遗传了下去。哈罗德的父亲不喜欢哈罗德吃东西发出声音，有时候“他还会捂起耳朵，闭上眼睛，仿佛这孩子是他的眼中钉”，哈罗德小小年纪就学会了安身立命之道——保持低调，做个隐形人，尽管如此，在哈罗德十六岁时，他的父亲扔给他一件旧外套就把他永远赶出了家门。年少时的不幸给哈罗德以后的人生蒙上了巨大的阴影。尽管他有了工作成了家，想对妻子儿子关心体贴，但他没有说出爱、表达爱的能力。

初为人父的责任让哈罗德畏惧。“他饿了怎么办，不开心怎么办，在学校被其他男孩欺负怎么办，他一下子觉得难以应付，有时他发现早年的沉默其实一路跟着他，你无法逃离你的出身，就算你带上领带也不会改变。”他继承了他父亲的恐惧，并遗传给了儿子。儿子在第一天上学时，抬头看着哈罗德，靠着墙说：“我不想上学。”哈罗德真切地感受到孩子的恐惧，却不知道怎么办。那天早上他的儿子向他求助，他却什么都没给到他，就躲进车里开车上班去了。其实他就算不会表达，也可以将戴维揽在怀里，给他安全感。但，他竟然什么也没做。

戴维冲到海里寻求解脱时，他还停下来解鞋带。孩子溺水的时候，盯着他的那种尖锐的眼神，让他恐惧了，这是事实。解鞋带是因为他害怕用光所有借口以后，他最终还是没法成功把孩子救回来。儿子下定决心和他斗一斗，“你读过威廉·布莱克吗？”“你对漂移速度有什么了解？”“我打赌你没法说出非洲大陆所有国家的名字。”儿子用这种挑战的方式来反抗父亲的平凡。“父亲”这个身份成了他最大的考验，也促成了他的失败。在伊斯特本，戴维获奖的那个晚上，八岁大的戴维在台上疯狂地摇晃扭动，场下一片尴尬，迷惑的哈罗德也跟着人群哄笑了，丝毫不知道作为孩子的父亲在这种复杂的情况下应该怎么表现。他的情商不仅没有随着年龄增加，反而退步了。小时候他还会穿上父亲的外套，戴上父亲的帽子逗母亲发笑。面对儿子，他却像个木偶一样。哪怕他上台跟儿子一起扭动或者大声喊一句“戴维，你真棒！”戴维以后的人生悲剧或许就可能避免。

儿子患了抑郁症，酗酒，吸食毒品。哈罗德从不向任何人提起家里橱柜中堆满的空酒瓶，也不提信封里的大麻，他只是把它们装起来，在上班途中扔掉。哈罗德不知道，抑郁症是个沉默的杀手。抑郁症患者如果不借助医生和药物是很难痊愈的。抑郁症患者的自杀概率是普通人的20倍，男性患者自杀率更高达78.5%。如此说来，戴维是一个病人，他对哈罗德的挑战应当是一种病态。但徒步行走前的哈罗德又何尝不是一个病人呢？

我们，又何尝不是一个病人呢？

放弃也是一种抵达

巴斯。只有放弃才能真正开始。

“他这样坚定地走着，好像等了一辈子就是为了离开椅子，就像现在一样，走在路上。”“给予和接受都是一份馈赠，既需要谦逊，也需要勇气。”

哈罗德在穿越途中遇见了形形色色的人，听到了各种各样的故事，他学习辨别方向，认识各种植物，并且在不断地回忆往事中反思自己。走在路上的哈罗德走出了童年的阴影，走出了丧子后的麻木，走出了自尊，走出了自信，走出了智慧，走出了勇敢。这一路，他学会了放弃，也学会了接受；学会了倾诉，也学会了倾听。他这一路上的所见所闻、所思所想，正吻合了佛法讲的修行。佛法注重修的是三学：戒、定、慧。所谓“戒”，就是知道什么该做什么不该做，做个好人；所谓“定”，就是专一、专心、认真做事；所谓“慧”，就是知道自己面对一切事情时如何能够清醒地去应对而不是逃避。因而，虽然无关宗教与信仰，哈罗德的旅程注定只能是朝圣。

贝里克郡。在旅程的后半段，哈罗德常处于迷失彷徨之中，无数次想要放弃，甚至在即将到达贝里克郡时，那些他以为摆脱了的噩梦又重新回来纠缠他，他无处可躲，几近崩溃和癫狂。抵达终点本该有的喜悦却被新的恐惧所代替。抵达贝里克郡之后，哈罗德并没有立即去看望奎妮，他给加油站女孩写了一封长信，读者所有的疑问在这封长信里都水落石出。他甚至还在公园的长凳上睡了一晚。当哈罗德整理好外表和心情，终于见到了奎妮时，奎妮被疾病折磨毁容了的脸让哈罗德重新陷入深渊中，奎妮也在见到哈罗德之后安详离去。虽然哈罗德仍然悲痛、恐惧，但八十七天的旅程让哈罗德最终克服了内心的懦弱和消极，“他不知道离开贝里克郡有什么在等着他，但他已经准备好了”。这一趟意外之旅，终于让哈罗德从混乱的困局中走了出来。所谓当局者迷，有时候，你需要一个距离，才能看清真相，看清自己。走到最后，他终于成为了他本该成为的那个人。

庆祝无意义

卡尔维诺曾经引用过这样一个小故事来解释为什么要读经典。苏格拉底临刑前，在练习一支乐曲。有人问他，都要死了，做这些有什么意义呢？苏格拉底答道，至少在死之前，我学会了这支曲子。这故事同样可以解释哈罗德们、狄安们以及我们为什么沉迷于那些看似无意义的事情。无意义或许才是生存的意义，就像米兰·昆德拉的小说名字——《庆祝无意义》。爱上无意义的事，就是爱上真实的自己。

所谓好书如良药，当如弗朗茨·卡夫卡在1904年致友人的一封信中说的那样："我想，我们应该只读那些咬伤我们、刺痛我们的书。所谓书，必须是砍向我们内心冰封的大海的斧头。"《一个人的朝圣》就是这样一把可以让人流着泪读到凌晨的斧头。

我喜欢斧头这个比喻。